講談社文庫

うたかた

田辺聖子

講談社

目次

うたかた

1

ナベちゃんよ。

お前さんはこのごろ、尼崎《アマ》ではもう飲まないのかい。

このあいだ俺は東難波《なにわ》のバー「ドリアン」へいって、ここでナベちゃんというチビの女の子がいつも、やっぱりチビの女友達とジンフィズのんで、ナット・キング・コールの「枯葉」をジュークボックスできいて喜んでいたが、このごろちっとも見えないね、といったら、剝《む》き卵みたいにツルリとした顔の男前のバーテンがニヤニヤして、

「あのひとはエラいことにならはったさかい」

というではないか。何だ、ときくと、

「卓《たく》ちゃん新聞よまはれしまへんのか」

ときた。

「国道電車にでもはねられたか」

と俺は思わず大声でいった。

知っての通り、大阪の野田から東神戸をむすぶ三十五キロの阪神国道を走ってる国道電車は、交通量が多いのでノロノロ運転で有名だ。で、このあたりじゃ、ノロマの最大級の奴のことを国道電車にはねられるというのだが、俺は形容でなくほんとにそう思ったのだ。お前さんがノンビリしてるからだ。

ところがバーテンは、

「いいえいな、ナントカいう小説書いて、ナントカいう賞もらいはったんですワ」

という。(怒るな。尼崎《アマ》では何によらずナントカですませるのだ。ナントカいう奴。ナントカいうところ。正確に名前をおぼえてる奴なんか一人もないし、また、おぼえる値打ちのあることなんぞ、この世に何もない、ということをみんな知ってる。尼崎の住民はみんなそうだ。だから好きだ)

そのナントカ賞のニュースが、お前さんの不細工な写真といっしょに、新聞の下のほうに小さくのってたそうだ。それでわかった、俺はいつも新聞は便所でよむ。狭いので、下のほうまでひろげてはよめない。だから見落したんだ、許されて。

しかしナベちゃんよ。

お前さんがツヅリカタを書くとはオドロキだ。ピューッ！と俺は思わず口笛を吹いた。賞をもらったというからには俺もお祝いをいうべきかもしれんが、そんなめんどくさいことはやめよう。ただ「ドリアン」で飲んでるうち、お前さんに教わった詩《うた》を、つい思い出したのだ。

能理子《のりこ》がいなくなってから、しばらくは辛くて何も手につかなかった。白状するが——俺は能理子に惚れてた。いや、惚れてた、なんてそういういいかたは止《よ》そう。好きだった。

キザか？　キザでわるいか。キザついでにいわしてもらおう。こういう詩《うた》があるそうだ。佐藤春夫という先生の詩だと教えてくれたのはお前さんだ。

身をうたかたと　思うとも
うたかたならじ　わが思い
げに卑《いや》しかる　われながら
うれいは清し　君ゆえに

なんていう、そういう感じの「好き」だったといえるが。うたかたというのは水の泡のことだ。(そうだな、ナベちゃん)

俺はたしかに町のチンピラで、うたかたみたいなものではある。しかし、その詩のかんじはまだ体のなかに余韻《よいん》となってひびいて、能理子のことを考えるたびに身ぶるいが出る。にくしみか愛情か、それはわからない。

能理子がいなくなってしょげてたものだから、俺はあの当座、よく出屋敷《でやしき》の駅や、尼崎の駅にぼんやり立って、彼女が出て来はしないか、と待った。朝早くから夜おそくまで、気ぜわしく人の流れる町。阪神電車の踏切がひっきりなしに鳴って、闇市《やみいち》あがりの商店街がクモの巣のように四通八達している中心地。一ぱい飲み屋と三流映画館とパチンコ屋のまち。出屋敷。町の浜側は六、七百も工場があって林立する煙突から吐き出す煙は、尼崎名物の、洗濯物を黒ガスリにし、人々ののどをいがらっぽくさせる。

人々の心もいがらっぽい。

出屋敷から東が、阪神電車の尼崎駅だが、ここの駅前公園はいくら造っても立ち消えになってしまう。何しろ植えた木は一夜でひっこぬかれるし、花はむしられ、電話ボックスの料金箱はこわされるし、市当局はたいてい根負けしてしまった。で、いたずらに広い市バスの発着所になって、雨がふれば泥んこ、晴れたら煙もうもう、それでも通勤者の群れは無表情に踵《きびす》を接して駅へ入り、駅から出る。

俺はその殺風景な駅の柵にもたれて、ぼんやり待っていたりしたものだから、卓のやつ忠犬ハチ公みたいだと嗤《わら》われたものだ。それから、安原なんかがたえず怪情報を流す。これにもなやませられた。たとえば俺が銀二たちをあつめて花札を弄《いじ》ってると、ちょっと、といいにくる。

安原はわれらのアパート「清心荘《せいしんそう》」の住人だ。貧乏で女好きな小説家志望の青年で、いつみても売れない小説をかいていて、年下の俺におべんちゃらいって小遣い銭をせびりにくる。

どだい俺は小説なんか、殆《ほとん》どよまないし、小説家なんてこけおどしの絵そらごとを書きちらして世の善良な庶民をまどわし、銭コをまきあげる悪辣無道《あくらつむどう》な詐欺師であると信じているから、その卵の安原なんて尻から出た虫ぐらいに思ってるのだが、彼は勿体《もったい》ぶって、

「ちょっと耳、かせや」

と真剣な顔で、俺をひきたてにくる。

「ぜったい、卓ちゃんびっくりする」

で、俺は、

「どうしたって」

とタバコに火をつけてまっていると、

「えらい人、みた……」

と安原はニヤニヤして、

「あててみ」

「お前のあとつけてるわけじゃないし、俺にわかるもんかよ」

「そうかい」と安原はアッサリ、

「ノリコにあったよ」

あるショックが背骨をつらぬいて、一瞬、俺はだまった。それでも虚勢を張ってタバコの煙を輪に吹くと、

「尼崎《アマ》で？　この尼崎でか？」

と、ちょっと声の調子がかわったのがわれながらわかった。安原は俺の動揺につけこんでぬけめなく俺の煙草を片手おがみして一本ぬいて、

「いや、大阪に」

安原の話はこうだ。

一週間前、安原はコドモ新聞に連載している小学校めぐりの記事の取材で、淀川《よどがわ》のほうへいったかえり、野田のさかり場でうどんを食った。すると、店先へひらりと黒い服の女がとびこんできて、

「おっちゃん、きつね三つ」

という。

「とうとう降ってきたわ。……いやな天気」

ちょっとぬれた肩のあたりを払うしぐさをして、柱鏡にうなじを反らせてみ、

「じゃ、頼みますね」

と、黒い蝶のようについと出ていった。そのあいだ、安原は衝立《ついたて》のかげからみていたが、まぎれもない能理子だった。

「おっさん、あれ、近くの人か」

ほかに客もないので大きな声を出して、安原が奥へ声をかけると、煮しめたようなのれんの蔭から、ぬうと顔を出したおやじが、

「そうですワ、この路地の奥のバーの女の子ですワ」

という。

バーはマッチ箱みたいなのが三つあって、いちばん奥のは「白鳩」という看板が掛

かっていた。はいってみたか、と俺がいうと、金がないからはいらなかった、と安原は答えて、

「バーの女の子みたいに見えへんなんだけどなア。……もともともういまじゃ、チラとみた感じだけでも水商売みたいだった、という。どんな能理子になってるのか、いやどうして俺から去ったか、ききたいことがいっぱいある。こっち側にききたいことをためさせて、ひらりと身をかくしてしまうやりかたが、俺は憎くてたまらない。切ない色に染まった、うらみつらみがひとしずくずつ俺の心にたまって、いまではあふれそうになっている、とでもいうか。いや、そういう電気紙芝居のうたい文句みたいな言い方はよそう。ふきあげるような憎しみが(どこかで一点ぐらりと裏返れば、それはおさえようもない、とめどない恋しさにかわるのは俺自身知ってるが)じとじとたたみこまれてるみたいなのだが、わざと、

「それで?」

と俺は煙を吐いた。

「会いにいけよ、案内したるわ。自分自身を正しい場において認識するがためにも、全存在の状況をたしかめるためにも、君は、君の手許《てもと》を一方的に去った恋人に会うべきやぞ、君の主体性確立のために、君の行動の意志を獲得せな、あかん」

といった。

　これだから小説書きはいやだというのだ。むやみとちんぷんかんぷんの言葉をふり廻していい気になってやがる。まだ何かいったがガクのない俺にはとても安原とおなじ言葉は発音できないね。これは結局、安原は一枚か二枚ほしいので、そんなことを照れかくしにいうにちがいない。俺はポケットから千円つかみ出してやると、安原はしばらく首をうなだれて、瞼《まぶた》を赤らめ、

「すまん、卓ちゃんにはいつもわるいと思ってるのだ、しかしペンは一本、箸は二本、衆寡《しゅうか》敵せず、下部構造がガタガタじゃ小説どころやないよ。君の志にはいつかむくいるつもりだ」

　とちょっとほろりとした様子をつくった。それからすぐ現金に元気になって、

「さ、いこう。能理子ちゃんに会ってやれよ、俺が案内する」

　金を借りた照れかくしに、そんなことをいっている。俺はブスリとして、

「いかないよ」

　というつもりが、自分でも驚いたことに、

「よし、いこう」

　という言葉が口をついて出てきた。男の面目どこにあるか、だ。俺の腰巾着のよう

にどこにでもついてくる銀二が、それではというので誰かの車をかりてきてくれるあいだ、俺は恥ずかしかったものだから、ふきげんな顔をしていた。

車がきた。銀二はめんどくさがりの男で、いつまでたっても運転免許をとろうとしないが、若いし、元来器用な奴だからけっこう車をころがしている。古ぼけたヒルマンだ。

「今日は朝日新聞かい」

と安原はうしろの席へのりこみながらいった。まだあどけなさの残る銀二は、その日その日の気まぐれでいろんなところでくすねてきた旗を、車の鼻先にたてる趣味がある。このあいだは「府庁」の旗をもっていたが、

「昨日、読売新聞の旗たてて走ってたらなア」

と銀二はまじめな顔で、

「松チャ町でスピード違反でつかまりかけたけど、ポリ公見逃しよったワ。やっぱり新聞社の旗がいちばんききめあるデ。あしたは毎日新聞にしよう」

いいかげんな奴らだ。

夜のドライブを楽しんで安原と銀二は、げらげら笑いながら野田へ車をのりいれたが、

「ちょっと待て。僕がようすをみてくる」

路地は商店街の次の通りにあって、小さいバーが目白押しにならんでいた。安原はイタチのような恰好《かっこう》でひょいひょい飛びながら、奥のほうへかくれてしまったが、二十分ぐらいして出て来た。

「あかんよ、卓ちゃん、いないんやて」

「何だと？」

俺の顔がどうみえたか、安原はあわてて、

「いや、いたのはたしかにいた、一週間まえまでいたんだ。やめて神戸へ移ったんだって。尤《もっと》も名前はるみ子――変名だろうね」

「神戸」

俺はカーッとして、

「神戸のどこや」

「生田神社のちかくの『ビーナス』てバーらしいが、いまでもそこかどうか、ビーナスに知ってる人間がいる、という話らしいんや」

「神戸にいるのは、たしかかい？」

「家があるらしいよ」

「ホントの話か？」

「正直のコーベに神やどる、さ」

安原はいつでもつまらぬ洒落《しやれ》をいう奴で、

「いくか？」

「いく。乗り掛かった舟や」

と俺は目をつぶってつっ立ったままいった。いったんはぐれたら、こんどはどうしても会いたくなる。ともかくそこへいこう。だんだん俺の心が熱してくるのがわかった。いけない、熱くなりすぎちゃ、いけない。そう思いながらはぐらかされたとなると、ますます俺の心臓は熱してきた。ちょっと触れただけでパーン！　と爆《は》ぜそうになる。本当に彼女なら今夜じゅうに会いたい。会わなければ何をするか分らない。会ってても何をするか分らない。ガタガタとふるえがきた。何くそ、と思った。それでもふるえはとまらなかった。俺はふるえる両の拳《こぶし》をかくすためにズボンのポケットにつっこんだ。

「二国（第二阪神国道）を通ろう」

運転席のドアをあけた銀二に、俺は、

「まて。俺がかわる」

俺はハンドルの前へすべりこんだ。二国に出ると思い切ってとばした。はじめは面白がっていた安原も銀二も、だんだん無口になった。なめたように平らかな、夜の照明に浮き上がった国道を、両脇の闇を切って車はまるで飛鳥のようにすっとんだ。

2

能理子に会ったのは、――ヘンなところが初対面の場だった。地元から出た保守系代議士の後援会のあつまりだった。俺は福原材木店の運転手だが、福原の親父さんは顔役なので、その会の世話もしていて、会場の公民館の設営は、俺たち子分が手伝った。

いちばんあとで映画がある。それを楽しみに、くだらん演説を、うしろのほうの席できくともなくきいてると、二つ三つ離れた席に坐ってる女の子が、ひどく可愛いのに気づいた。年は、俺とおんなじくらい、二十歳《はたち》か、――十九か。ふちのひろい麦わら帽子を横の席へおいていた。白い大きな衿《えり》のあるブラウスを着ていた。そして衿のはしッこにほんものそっくりの、小さなテントウ虫のブローチをつけていた。俺はブローチだなんて知らないものだから、危うく、虫がついてると注意するところだった。

その子は帽子をちょっとうごかしたり、うつむいて手さげ袋をさぐったりしたとき、衿あしに小さいほくろが星のように散っているのがみえた。色が白くて、眉《まゆ》の上と左の口もとにもほくろがあった。

俺はその日、よほど退屈していたのか、おとなしく演説をきいていた。演壇には花にかこまれて弁士が次々と何かよんだりしゃべったりしているが、きくよりも隣にいるテントウ虫の女の子がきれいなので――まあいえば、その子をみるために居坐っていたわけだ。

「つまらないねえ」

と俺は話しかけた。

俺は映画館へはいると、かならず女の子をひっかける。こんなことでもなけりゃ、何がたのしみで生きてるかというわけだが、あんまり失敗はしない。しかし演説会でははじめてだ。

彼女はびっくりしたが素直にうなずいた。ちっとも面白くない、といった。

「出よう」

俺はさっと立ち上がった。彼女はぐずぐずして立たなかった。失敗したか？　と思ったら、

「この人がすむまで待って」

と小声でいうのだ。俺はたちまちうれしくなってぐにゃぐにゃして、すかさず彼女のそばへ坐って、麦わら帽子を俺のひざへのっけた。いましゃべっているのはカチ栗のように色の黒い瘦《や》せた、見るからにおそろしげな年増の女であった。あれはあんたの知り合いか、と俺はきいた。そうだ、あの人のをきくために来ている、と彼女は答えたが、その答えぶりからお義理で来ていることがわかった。

「俺の友達に色が黒いので、闇夜鴉というあだなのやつがいるが」

と俺は小声でいった。

「この人ほど、黒くない」

彼女は笑った。笑い声もよかった。うしろや横からシッ、シッ、と叱《しか》る声がした。

「叱られた」

俺は共犯者だぞ、というふうに彼女にめくばせした。

だいたい、知らない女の子に話しかける技術では仲間のうちで俺がいちばんうま

い。銀二だってずいぶん美少年だし、硝子《ガラス》屋の息子の新だってみてくれはよいのだが、いかにもやりかたがまずい。むやみと親切だったり、反対に荒っぽすぎる。くどすぎず冷淡すぎず、このコツがむつかしいのだが、演壇の女が拍手でひっこむと、出ようや、と俺はせかした。女の子はまるで叱られたみたいにいそいで立ち上がった。ずいぶん素直な子みたいだった。入口の受付に、顔見しりのやーさんが横むいて誰かと話していた。卓次、と声がかかるとまたつかまって何か用事をいいつけられそうなので、冷や汗かいてサングラスで隠しながら、通りぬけた。

女は、そとへ出ると、かっと暑い日が、白い砂利道にてりつけるのに目をほそめて帽子をかぶった。俺に負けないぐらい、背があった。べつに警戒するでもなく、ふつうの態度であるいてきた。

「家、どこ」

歩調をあわせて俺は話しかけた。

チラ、と俺の顔をみたが、わりあいはっきりした、こだわりない口ぶりで、

「鶴橋《つるはし》」

大阪城の向うだ。澄んだ声だ。

「そりゃ遠い」

「ええ、遠いの」

「冷たいもの飲もうや」

と俺は何気なくいった。

「そうね」

と彼女も何気なくいった。いちいち手ごたえがあった。俺は夢中になった。もっとも、ここまではいままでの女の子と同じだった。

彼女は上品な身なりをしていた。それから物腰がゆったりしていた。いいうちの女で、ズベ公ではなかった。そこはかとなく教養の匂いさえある。

俺は国道を南へわたって、繁華街へはいった。冷房のきいた喫茶店をさがして二階へ上がると、青い色のついた硝子窓のそばに坐った。あらての女とこうしていると、俺はいかにも心がはずんで、こういうときだけ、生きてるという充実感がかんじられる。

女は向かいあって、ふと手をのばした。俺の眼鏡をもぎとろうとした。

「顔をみせて」

とほほえんだ。俺は黒眼鏡をはずした。それからふと、この女は俺よりずっと年上であるような気がした。美しいから若くみえるだけで、だからこそ、落ち着いてついてくるのであろう。たぶん俺を年下とみて軽く思っているのだろう。しかし近くでみても彼女の皮膚はまだいかにも新鮮で、使い古していないというかんじがした。三角形に刳《く》られた胸元の白さから、どこもかしこも胡瓜《きゆうり》の切りくちのようにみずみずしく、露をふくんだようで綺麗《きれい》だった。汗ばんだ頰《ほお》は桜色にほてって化粧げもなく、ひっきりなしに彼女はハンケチで汗をふくしぐさをしたが、ふくあとから照りはえるような澄んだ血色の、美しい頰があらわれた。

「ちょうだい」

と彼女は俺の煙草を一本ぬきとって、とみこうみしていた。

「こっちからだ」

吸い口のフィルターのほうを口にくわえさせてやって、ライターをつけたが、彼女は吸いかけてははげしく咳《せ》きこんだ。俺は煙草をもぎとって、

「どっかへあそびにいこうや」

「どこへ?　どうしてあたしとなの?」

と彼女はからかうように微笑んだ。

「さア。どうしてかな」

と俺は嬉しさで気がへんになるくらいそわそわして、わざとあらっぽく、

「どこかへつとめてるのか？」

「え」

と彼女は窓の下の景色に気をとられるふりをしてみじかく答えた。かくすつもりだなと思って、それはあたりまえだが、

「どこ」

「いわない……」

「オトコはあるか？」

「知らない。ヘンな人」

「なにしろ俺は知性と教養に欠けてて……」

「それはあたしも」

「そんなら、そのうち電話をかけてとりよせとこう、二人前」

女は笑いながら（もうそのときには、俺も年上の女だと信じていたが、それでも彼女の様子にはどこか子供らしさがあって）俺の胸にかけていた金色のメダルを珍しそうにいじくった。

「なに。これ」

「よく人の体にさわる人やねえ」

と俺は彼女の手をふり払って、

「そんなにさわりたいかい？　男に」

「バカらしい」

と女は一瞬、いきいきした表情で赤くなったが、怒っているのでなくて、たのしがっているのだ。また成功した。うまくいきそうだ。銀二なんかにみせてやりたいくらいだ。……

3

三宮《さんのみや》は人の出さかる時刻だった。

キャバレー「新世界」のうらで「ビーナス」はすぐみつかった。銀二をのこして俺と安原は下りていった。下りて……そうだ「ビーナス」は地下へ下りるようになっていて、その入口の戸は墓穴のそれみたいに白くぬってあった。何となくこれは感じがちがうと思った。やっぱりだった。るみ子という名前の子は、たしかに大阪の野田の

「白鳩」から来た子だが、赤の他人だった。ちょっと体つきだけ似ていた。物もいわず引きあげてきた。

「そんなことやろと思うた。イヤご苦労」

銀二が運転席でむっくりと起き上がりながらいった。

「屁《へ》かましやがって、この野郎」

と俺は安原ににがにがしげにいったが、安原は苦しげにだまっていて、しばらくして車が動き出すと小さい声で、軽率な判断に対する自責は十分に感じているから、そう責めないで頂きたいといった。オッチョコチョイのいうことをまにうけた俺もわるいのだが、ともかく、あてもなくあの町をうろついて忠犬ハチ公みたいだと嗤われるよりは、まだしもはかないそらだのみをあてにしてうごきまわっているほうが、心が楽なのだ。

あの日、喫茶店から駅へいって、それからまたひっ返してとうとう出屋敷まであるいてきた。夜になって町に灯が入った。

「ずいぶんにぎやかな町ね」

「うん、はじめてかい」

「はじめて」

彼女はちっとも疲れたようすはなかった。青いスカートをひるがえしながら女学生のような大股でついてきた。どこへいこう。何を話したらいいか分らないし、金もないから、

「高本のうちへいこう、テレビをみようや」

「テレビ？　何があるの？」

「うん。YとP……のボクシング」

「そうね」

と彼女は考えて、すぐ元気よくいった。

「いってもいいわ」

テレビは口実で、彼女と離れたくないために出まかせをいったのだが、ごみごみしたまちを面白そうに目を輝かせてついてくる彼女をみると、俺は嬉しくってたまらず、口笛をふいてあるいた。女は俺をみて、かるく、

「あなた、この町に住んでるの？」

「うん」

「何、してるの？」

「運転手」

「とし、いくつ」

「十九」仲よくよりそってあるいた。四つ角で出会ったマサ子が、極彩色に化粧した顔で、

「ワー、何や、色男ぶりやがってエ」

と通りすがりざま毒づくのもいい気味だ。

「どや、べっぴんやろ、俺の彼女」

といってやると、

「どやされるでエ！」

と舌打ちした。

「卓なんかに一円も貸す金ないわ」

と憎まれ口を叩いて風のように通りすぎた。いつかちょっと借りたら、何年でもいいやがる。

「あれは何する人？」

と女がきくので、俺はていねいに、見て分らんかといった。マサ子は俺より二つ下だ。パチンコ店「大アタリ」のまえではヨシ坊がセッセと水を打って掃いてたので、

「せえだい（せいぜい）働きや。若いときの苦労は買《こ》うてもせい、ちゅうねんで」

背中を叩いてやると、ヨシ坊は口をあけてぽかんと連れの女を見送った。追いぬきざまピューッと口笛をふいて、慎太郎刈りの男が、

「あんまりでかいつら、さらすな！」

とどんどんいくのは、硝子屋の新公だ。

「あれ、何の商売の人」

とまた、女は物珍しそうにきく。

「俺の仲間や」

「ぐれん隊じゃないの」

「なあに」

夜になるとコウモリのようにどこからともなくひらひら出てきて、あっちの軒端《のきば》、こっちの店先に群れている。ものをいうたびにカチッカチッと飛出しナイフを鳴らして、それで格があがると思ってる気のいい連中だ。中学生くらいをおどすことはあるが、大きなことは出来っこない。真っ暗な路地から、ヤアというので、見ると、これが闇夜鴉だった。

「お前、そう暗いとこに居るなや。とんと闇夜のカラスやんけ」

といってやる。彼は咳《せき》をしながら、じっと女を見ている。闇夜鴉は長いこと肺病

だ。

「あれは何の商売の人？」

と彼女はまたきく。

「景品買い」みんな、俺の夜の友達だ。

阪神本線の線路のむかいに、裸電灯を軒先につるした衣料品の路地があって、その一軒の店先に立った。高本の親父が古着屋をやってる。

「いますか？　兄貴」

とニコニコしてあごで二階をさすと、親父はメガネごしにじろりと俺をみて、ついでにうしろの女に目をくばり、

「いるよ、あがれや」

と、左手で古着をたたんでいる。右手は肘《ひじ》からない。むかしは極道者で鳴らしたというから、いずれそっちのほうで落した腕だろう。荷物で半分うずまった階段をあがると、ベニヤ板の戸がある。

「よう、おれや」

と押してあけると、高本は若いスケのアイ子といちゃついてる最中で、首をもたげて、

「卓か、はいれや」

「テレビ見せてくれやあ」

「よっしゃ、何みるねん」

「YとP。今晩の試合すごいで」

「ああそうか、中へはいれ」

俺は戸口で突立ったまま、高本と話をしたが、それはうしろにいる彼女に、あられもない高本らの姿をみせたくなかったからで、その間に高本は起き上がってアイ子も、薄紫色の上着の紐《ひも》を結び直していた。アイ子は目の細すぎるのをがまんすれば、かなりべっぴんだ。そして気がよい。いつもニコニコしている。

こんばんは、とあいさつして女がはいってきた。俺は高本に紹介しようとしたら、まだ名前をきいていない。女はすばやく口早《くちばや》に、

「ノリコ」

といって、たたみへ字をかいて教えたが、姓はいわなかった。俺は初めて名を知った。

高本はちょっと、能理子の美しさにとまどったようで、じろじろ顔をぬすみ見ていた。それから、どこで拾ったんだという顔で俺をみたので、ちょっと愉快だった。

「さア、テレビをつけな」

と高本はアイ子の膝《ひざ》をパンと叩いた。能理子は四囲をベニヤ板で張りめぐらした部屋を珍しそうにしげしげとみた。すぐ、試合がはじまった。

日本の選手のYも東南アジアのチャンピオンのPも小柄だった。

高本は音を大きくした。それから自分も負けずに大声を出して、枕をもみくちゃにした。

すぐ、Yが一撃くらった。鼻血で血みどろになったこの若い野獣は、十三ラウンドでリングへ叩きつけられて完全にノビ、やっと起きあがったが、とたんにPの右フックを顔いっぱいに浴びてよろよろとよろめき、大の字にぶったおれた。

「Y……おきろ！」

と高本がげんこつで枕をなぐった。

「ノックアウトだ……」

「Y！」

とアイ子が叫んだ。

「Y！」

と能理子も夢中で叫んだ。

完敗。テレビの観衆は必死になって声援していたけど、Yはそのまま立てなかった。凄絶《せいぜつ》なまけっぷりだった。あんまり、はっきり負けたのでざまはなかったが、悲壮美といったような緊迫した空気がただよって観衆はいっせいに鳴りをひそめ、深い失望のあまり声をのんだ。Pは小柄だが鋼鉄のような体だった。凄《すご》い顔つきで彼の白いパンツはYの鼻血に染まっていた。レフェリーが手をあげさせるとガウンを後ろから着せられながら、よろよろした。陰うつな眼、けわしい唇元《くちもと》。真っ黒いげじげじ眉がよって、彼はマネージャーに倒れかかり、マネージャーは彼をしっかと抱擁した。

「あ、Pが泣いています。壮絶をきわめた闘い。Pも全力を出しつくした感がありま す。それだけにPも嬉しいんでしょうねえ」

「嬉し泣きですねえ」

と解説者も落胆のあまりどこかへ何かを置き忘れたような間ぬけた声で、Pをたたえていた。グローブをはめたままの手をコーチの背へ廻しているPの、背だけがみえて顔はみえない。ごつい肩幅が波打っていた。

「なんとねえ……」

俺たちは失望のあまり、深いところから出るような嘆声で、

「モロにまけよったなア」

「がっかりねえ」

まだ昂奮《こうふん》がさめきれずに、画面に目をつけたままいってるのだが、アイ子ひとりはくすくす笑っている。みると高本がアイ子のスカートのなかへ手を入れて彼女を笑わせているのだった。

「はじめ第三ラウンドで鼻血を出した、あれで精神的にへたばりよったんや……」

などと高本は解説しているが、手はスカートからまだ出していなかった。

俺たちは礼をいって出た。背後では何をしているのだか、どたんと物の倒れる音がする。

階下には片腕のない親父さんはいずに、褐色のシャツを着た少年が、るす番していた。彼はガムをかみながら店の柱鏡に向かってボクシングのまねをしていた。高本の弟の竜吉だ。

「卓次さん、みたか？」

と彼は夕刊をひろげてみせた。今朝、神戸で乱闘があった、なんとか組となんとか組の誰かが兄貴をねらっている、と嬉しそうにいう。

片腕のないおやじは、息子はやくざにしないといっていたが、高本はもうそうだし、この弟も、やがては、やーさんになるだろう。

しかし俺はちがう。駅へ送ってやって、

「面白かったかい」

というと、女はとても面白かった、と修学旅行の報告をする生徒みたいなことをいった。

俺がやーさんなら、こんなおとなしい別れかたはしない。

この町は面白い、卓次さんも好きになった、と能理子は余裕のある笑いかたをした。またあおう、と俺がいうと、いつでもくる、と麦わら帽子のリボンを指にまきつけながらいった。土曜の晩、と約束した。それから彼女はすぐホームへあがっていったが、広告板のあいだからこっちをさがしあてて、にっこりした顔が、胸がうずくほどうつくしくみえた。白いサンダルをはいて、さっさとあるいてゆく姿が、背が高くてほっそりしているので、うしろからみると十八、九にみえる。何をしている女だか、じつにふしぎだ。

「ここで別れちゃみれんがのこる
せめて梅田の地下鉄までも
送りましょうか　送られましょか

梅田よいとこ　恋の町。

トコ　ズンドコ　ズンドコ」

なんて、俺は鼻唄をうたっている自分に気がついて、びっくりした。俺はきげんのよいとき、ズンドコ節をうたうくせがある。

通る女がみな、ひどい醜女《ブス》にみえた。醜女でわるいか。能理子をみたらあとはみられない。俺は逆立ちして歩きたいくらい、楽しい。

その土曜日にまた会った。どんな部屋にすんでいるのかというから、連れていってみせた。

「清心荘」というが倒れかかったバラックである。ここにいたら悪心をおこしそうだと二人でワルクチをいっていると、向かいにならんだドアをあけて、安原が目をまるくして女をながめていた。うるさくいいながらやってきたので、酒を買いに頼んでいってもらったら、威厳のないやつだ、大喜びでとんでいった。俺の部屋で、女と向き合って坐った。

「あなたは毎日、ここで何を考えてるの？」

と彼女はいった。

そんなききかたを誰にもされたことはない。俺は立ち上がって壁のギターをとり、

「ふん」

といって、傷だらけの机に腰かけて、絃《いと》のゆるんだギターを弾き出した。

「あなた、親やきょうだいは？」

と女は珍しそうに見廻しながらきく。俺が答えないでいると、能理子も強いてききたい質問でもなかったらしく、壁に貼《は》った女優の写真をみて、その恰好をまねたりしている。

「どう」

と頭をもたげてヌードダンサーとそっくり同じ恰好をして澄ましてみせた。俺は笑ったが、能理子の胸はいい恰好をしていると見とれた。いいセンをいってる。俺はギターをいじくって黙っていた。俺たちは安原が買ってきた安ウイスキーを茶碗についで飲んだ。

私はのめない、といって能理子は飲まなかった。安原はおうちはどこですか、おつとめはどのほうですか、とかまをかけていたが、女ははっきりした返事はちっとも与えなかった。見ていると、明らかに女が一枚うわ手だ。

また、駅まで送ってゆくと、能理子のほうから、こんどはいつくる、といった。

彼女は上り電車でくることもあるし、下り電車で駅におりることもある。タバコをふかして待っていると、うしろから肩を叩くこともあった。夏の服なので、みるたびに身なりはかわっていたが、とびきり目に立つ風もしていなかった。いつも機嫌よく美しい。

だんだん、俺はじれてきた。

どうしたの、と能理子にいわれるときもある。氷水をのんで、時には「大アタリ」でパチンコして、それから飲むこともあるが、また女を送ってゆく。

卓の女と、このあたりでは思っているが、手を握ったこともなかった。

夏の終りの日曜に、俺は能理子と琵琶湖へいった。車なんか借りたらうるさくいわれるので、電車で時間をかけていき、泳ぐ用意をしていた。ところがむこうへつくと曇って雨がふり出した。タチアオイの花が咲いてる湖岸の水泳場には人影はなく、ボートが裏返しされて赤い腹をみせている。松林には松ボックリがいっぱいおちて、沖は白くけぶってみえなかった。

すぐやむとラジオはいったが、夕方ちかくまでとうとう降りつづき、あきらめた人々がぼつぼつ帰りはじめた。俺たちは、最後まで休憩場のラジオをきいてた組だった。

「泊まらない」

と最初にいったのは能理子だ。どっちも沖に視線をあてたままだった。金をもっていないと俺はあたらしい煙草をふかしながら、おとなしくいった。あたしがもっている、と能理子ははずかしそうにいった。

暗くなって雨があがったので、俺たちは波打ちぎわづたいに町へ下りた。地蔵盆《じぞうぼん》というのか、暗い道のひとところを明るくともして、にぎやかな三味線の音がして、屋台が闇の中にうきあがっているのは夢のようなけしきだった。女の子がきれいな着物をきて踊っていた。無感動な白粉《おしろい》の顔が、この世のものならず美しかったが、あまりきれいなのでぶきみな感じがした。

入江を、光の船が入ってきてそれが暗い水にうつってさざめいた。船から音楽が流れ、人々は桟橋へぞろぞろと下り立ってきた。光のはいった船はオモチャのように浮かんでおり、甲板のうえからまだ音楽が風にのって流れてきた。俺たちは黙ってみていた。

俺にはいつも言葉がない。俺にはあんまり手持の言葉がないのがいかにも無学みたいで恥ずかしい。尼崎駅前の喫茶店「タイガー」の給仕のけい子や、硝子屋の新の妹のトシ子のときは、どうしたろうと、俺は目をとじて考えてみたが、何もかも思い出せなくなってしまった。

「湖岸ホテル」という名前だけれども、窓からは美事《みごと》な山がみえるだけで、琵琶湖はちっともみえない。部屋へはいるともうはなれていることができなくて、あっというまにベッドにいた。なぜわたしと来たのか、と能理子はいう。なぜ女は自分にわかっている理由を男にいわせて楽しむのだろう。

「きみといっしょやとほかの女の子より気楽になれるんや」

と俺はいった。この意味がわかっているはずなのに、――能理子は白っぽくれて、

(いつも女の方がかけひきする)

「あたしがぶさいくな女だからでしょう?」

「ぶさいくやからではない」

ふいに能理子はだまりこんで自分は前に恋人があった、という。

「あ、そう」

俺はてんちゃんのような返事をして、俺のほうがへどもどした。全く、へどもどしたというほかなく、いや、ぶさいくなことにそれはへどもどさせられたのだが――わざとそう軽く返事した。それからそれへとききたくなるにちがいないから知らん顔をして、

「どうでもいい。しかし俺はきみが好きや」

「うれしいわ」

「きれいで、頭がよくて」

「よくないわ。よかったら卓ちゃんなんかに惚れやしない」

「チェッ、えらいいいかたするな」

「でも、こんなになるとは思わなかったわ」

とまた、能理子は夕メイキのようにいった。彼女の白い胸にもほくろがあった。どんな奴だった、最初のは、と俺は能理子の胸に顔をあてたまま くぐもり声でいったが、返事を期待しているわけではない。卓ちゃんの知らない人。ずっと前のことだから勘忍してね、と能理子はいう。

「怒ってるの?」

「いや」

「何もいわないんだもん」

「俺たちはおたがいに、いい体でよかったね」

と俺は安原の洗濯板みたいな胸や、マサ子のガチガチの体を思い出しながらいった。ところが能理子は、

「あたしを愛してる?」

といった。俺はそんなコトバは小説やテレビドラマの中で使うもんだとばかり思っていたので、小っぱずかしくてだまっていた。それから、能理子の体をさわっていたら、彼女はちょっとよけるようにして、

「愛してるの、愛してないの、どっちなの」

などという。

「俺はきみにわるいことはしない」

というのがせいぜいだった。

すぐ、夜が明けた。短いあいだ、ぐっすり眠って、朝飯を食うと、すごく元気が出たけど、今朝は頭のネジがゆるみっぱなしみたいに能理子が可愛くってしかたがない。しばらく離れていてもどちらからともなく手を出して抱き合ってしまう。今朝は俺のほうが元気だ。それだのに能理子はまだ、

「愛って何だと思う?……ねえ。理解かしら、共感かしら。それとも選択かなあ」

などといっている。

「演説会なんかで知りあった女は、一々ぶるのでうるさくていかんな」

と俺は元気よく、高本のまねをして能理子のスカートをまくって、思いきった悪ふ

ざけをして、抱きついて、

「ちェッ、たくさん生やしやがって」

　なんていったら、

「あら、いやらしい」

　と能理子はいいやがった。ところがそれはいやらしい、という言葉の、最上の意味と上品さにおいてであって、ふつうのいやらしいではないようで、それが証拠に能理子はきゃッきゃッと身をよじって笑って、べつにいやがってなんかいないのである。それからふざけちらして何べんキスしてもあきなかった。

　昼すぎ、大阪へ帰った。それから二人で出屋敷まで帰ってみると、俺の部屋はるすだと思って、高本たちが輪になって博奕《ばくち》をしている。能理子にそういうと、映画館に入ろうというではないか、俺もすぐわかった。

「お前は頭がええぞ」

　いちばんうしろに坐って、俺たちはさんざんペッティングした。ずいぶん疲れてるのに、精神だけは、手でつかまえられないほどきらきらと高くとんでゆくようで、どっちものぼせるほどうれしくて、おたがいが好きだというきもちだけでクスクスケラケラ笑い通しだった。

「やかましいぞ！」

とうしろをむいて叱る奴もあったが、

「何じゃい！　ぐだぐだぬかすと、うしろから突き落してこますぞ！」

と俺が凄むので、しまいにみんな呆《あき》れて、前のほうへつめてしまった。

映画館を出ると、灯がついていた。次の日をちゃんときめて約束して、またね、といったのに、(そのまたねは、いつもとちがってあとへのこるひびきのまたねだったのだが)とうとう、能理子はそれきり、来ない。

4

俺は毎日能理子に会いたくて会いたくて気がへんになった。材木屋にもいかない。親父さんが店の者をよこして、卓次はやあ公に入ったらあかんぞ、マトモに働けよ、とうるさくいって何か俺が、むかしみたいにまたグレたかと思ってるようだが、俺はそれどころじゃなく、ふてくされて蒲団にもぐりこんでいると、竜吉がやってきて、

「よッ！　ひまなら手伝わせることがあるッてよ、兄貴が」

などというが、またセンタープール（競艇）の小仕事の使い走りだろうと、返事もしなかった。夜になると起き出して、憑《つ》かれたようにけわしい顔してあるきまわり、やみくもにうろついた。能理子の住所も名もしらない。きけたのに、俺はきかなかった。能理子からいうまで、と思って俺は能理子をたてたのに、こんなことならどんなにしてでもつきとめとくんだった。

「卓次。また忠犬ハチ公か」

と笑われたのはそのころだ。俺はおぼえずしらず、出屋敷の踏切に身をもたせて、線路の埃《ほこり》を頭からあびていたりする。なぜ姿をみせなくなったのか、その気ままなやりかたが憎くて憎くて、俺は涙が出るほど腹が立つ。だから安原なんかにだまされて、わざわざ大阪から神戸へとひきまわされて捜しにいったりすることになるのだ。

いちど、どうにもがまんしきれなくて、琵琶湖へいったら、もう秋で、水泳場は閉鎖していて、「湖岸ホテル」はひらいていたけど人かげもなかった。悲しいことなんかちっともない。腹が立つだけだ。涙が出るほど腹が立つ。

それからいちど、これもどうにもがまんできなくてあの映画館へはいって二階の、あのいちばんうしろの席へ坐ったら、あの日のこと、いろいろ思い出して頭がぼうとなって映画なんか眼に入らなかった。くやしかった。

なぜ、俺の前から姿を消してしまったのかわからない、はじめからそうするつもりで名も家も教えなかったのかもしれない。なんのために、俺をこんなにほんろうするのだろう。

仕方がないので、また親父さんにあやまって、店へ精勤につとめ出した。店先でトラックに材木をつんでいると、

「卓」

とよぶやつがある。顔をあげると、昔、せわになった中央署の朝倉さんだ。

「元気でやってるか」

「へい」

「ウム。しっかり働けよ」

朝倉さんは、何かいいたそうにしたが去っていった。俺がヘンだと、みんなの噂が耳へはいったのかもしれない。

くやしい。能理子のことを忘れられない俺自身にあいそがつきる。写真でももらっとけばよかったのに、どうかした拍子に顔を忘れたりする。そのくせ、ますます忘れられない。こういうのはどういうんだろう、いったい。

ところが、だ。

俺はある日、オート三輪で大阪へいった。台地の坂を、やかましく音をたててのぼりつめると、坂の中ほどから右手は金網をはりめぐらした崖《がけ》になっていて、にぎやかな子供たちの声がきこえる。小学校であることがすぐわかった。休み時間の小学生がいっぱい、運動場にとび出していたからだ。

金網のそばに花壇があって、年かさの女の児《こ》が数人、花をのぞいていた。そのまんなかにいる白い服の女を、ひょっとみたとたん、俺の胸はがたがたふるえ出した。能理子だ。

俺は車を台地の上にとめ、夢中でとびおりた。坂をかけた。このあたりは大阪の町なかともおもえぬ静かな場所で、子供たちの話し声も手にとるようにきこえる。俺は金網に顔をくっつけるようにして、

「能理ちゃん」

とよんだ。声の調子がはずれていた。

そのとき、ふとふり返った能理子、俺をみた彼女の顔を忘れられない。まさしく能理子にはちがいないのだが、白昼、オバケをみたように、その顔には恐怖と惑乱しか、なかった。ひょっとしたら嫌悪もあったような気もする。彼女は青ざめて、なん

のつもりか首をふった。そのとき始業の鐘が鳴った。子供たちは彼女の手をひっぱっていったので、彼女は首だけこちらへねじ向けたが、とうとう何もいわずに去った。

店まで、よく車を運転して帰れたものだ。俺は定刻まで勤めて、まっすぐ「清心荘」へ帰ったが、うぬぼれのせいか、それとも何かのせいか、あのとき感じた憤怒《ふんぬ》はずうっとうすくなっていた。

なるほど、先公だったのか。それではしばらく仕事がいそがしくて来られなかったのかもしれぬ。あながち、彼女に腹をたてたりすることはないかもしれない。職業上、さしさわることでもできたのかもしれない。だがどちらにしても、このままではたよりないので翌日は店を休んだ。二時には学校へついていて、表門のななめ向かいに木があってお稲荷《いなり》さんの祠《ほこら》があるので、その赤い鳥居にもたれて煙草を吸いちらしていた。四時に小学校にやさしいメロディのオルゴールがひびきわたり女の先生の声で、居残りしている人もみな帰る時間ですよとよびかけた。やわらかいマイクの声で「みなさん途中の電車道、ようく気をつけて――」などといっている。

俺がふと物がなしい気分にさそわれたのは、子供のときのいたわられかたと、大人になってからのじゃけんなあしらわれかたとの間に、どれほど大きなへだたりがあるか、子供はそれを知らないからこそ、いい気になって大きくなるのだ、などと考えたからだった。もっとも俺は子供のころから、やさしくされたおもい出はあまりない。だから、いっときにせよやさしくしてくれた能理子はわすれがたいのだが、

「俺だよ——」

呼びとめて歩き出すと、能理子は青ざめてうつむいたきりだった。きっかり四時五分に彼女は出てきた。

能理子は赤の革の鞄をもっていた。灰色のあかるいツーピースで、ピンクのブラウスをつけていた。何となく、先生ぽくって、ちょっとなじめなかった。俺が何もいわないのに、

「いそがしかったんです」

と彼女は弁解のようにいった。俺が黙ってスタスタあるいていると、急に不安になったらしく、鞄をもちかえて、

「どうして分ったの？」

という。俺はあたらしい煙草を出そうとしたが、もうからだった。道へ捨てながら、

「偶然や」

といった。彼女は身をかたくして浮かぬ顔であるいていた。

「いろいろ、家庭の事情はあると思うが、連絡ぐらいしてもええやないのか、なあ」

俺はただもう、昔の仲にもどりたくて、それもたかだか、二三ヵ月昔ではないか、そんなにむりな願いではない、と思うのに、

「ええ、ついついのびてしまって、あたしもいつも気にかけてたんだけど」

能理子の声には、機嫌をとるようなひびきがあり、ちらとそらせた眼には恐怖のいろが走った。俺は、俺じしんとめられない成りゆきで、こんなことをしゃべってしまった。

「先生は気楽な稼業ときたもんだ——かね。なるほど、それは私生活は私生活、いうこっちゃなあ。しかし、君が先生してるとは、俺も思わなんだなあ」

能理子は黙って歩いていて、ふと、坂の下でたちどまった。

「だまってるつもりはなかったのよ」

俺を怒らしちゃまずい、というようないいかたで、かんでふくめるように、

「でもね、学期がはじまってからは、やはりあの町へいってるひまもないし……」

「これで、もうおしまい、ってわけかい？　俺たち」

「いろいろ、ありがとう」

「ふざけるな！」

と俺はじろじろ彼女をみて、(ほんとうはこんなケンカことばじゃなく、俺が能理子をほしくてどんなにのたうちまわったか、能理子に似た人にだまされて大阪だの神戸だのとさがしあるいて、あとでは自分のバカさかげんに泣き笑いしたこと、思い出の琵琶湖までノコノコ遠出して、傷心を癒《いや》したいと思ったことなど、いろいろいって、かきくどいたり、やさしくいえればいいんだが、でも俺はダメだ、口べたで、ものをいえばケンカ言葉になっちまう。パン助のマサ子やなんかにはあんなになめらかに舌がうごくのに、とくやしくてならず)

「なあ、もう一度あおうよ」

と俺はすこし赤くなって、どもった。「俺の部屋へ来ないか、今夜」

能理子は頑固にだまっていた。

「だめよ」とひとこと。断乎《だんこ》としたひびきがあった。

「それからね」とかたい笑顔をむりにつくったかんじで、はじめて俺をマトモにみて、

「もう、学校へ来ないで。それに」

とまた、目をそらせてあるき出しながら、

「あのときはあのとき。もう忘れてほしいのよ」と哀れむようにいった。「わか

る？」

「何を」

　俺は体じゅうが神経になったような気がして、能理子の言葉が針のようにつきささった。

「何を忘れろって」

「あたし、少々のことではビクともしない自信があるからよ」

「どういうこと？　それどういうことや」

　俺は追いすがって彼女をのぞきこんだら、

「いえね、もしあんたが妙なことしてもよ」

「妙なこと、とは」

「学校とか家とかへ、まあ不愉快な告げぐちをするとしてもよ――でも止しましょう、こんな話」

　と能理子はやっと昔の笑い顔をみせて、

「せっかく昔は仲良くしたんだもの、お別れに食事しない？」

「つまり、俺が、恐喝《カツアゲ》するとでもいうのかい、何かゆすろうとでもいう気を起こさないかと心配してるのか？」

「いいえ、そんなこと、あなたはまさか」

「だまれ、ドすべた」俺は怒りでぶるぶるふるえたが、静かにいった。「俺の町のパン助でも、お前より綺麗やぞ」

ナベちゃんよ、

これで俺の話は終りだ。

俺はただ、あの詩《うた》のことをいいたかっただけだ。

身をうたかたと　思うとも

うたかたならじ　わが思い

げに卑しかる　われながら

うれいは清し　君ゆえに

やっぱりこの詩はウソじゃない、この先生はウソつきじゃない。なあ、あの夜、「湖岸ホテル」の夜の幸福は、やっぱりうたかたではなかった気がする。いま思うと能理子も俺と同じように幸福だったろうと思う。たしかにあそこで手ごたえを感じた幸福だった。尤も俺は幸福の味を思い出すといつもちょっと胸がいたむけれど、それは仕方ない。渦巻蚊取線香みたいな人畜無害の幸福なんてこの人生にありえないからだ。

俺は「ドリアン」で飲んで出屋敷へかえるところだ。出屋敷、汚い町だ。映画館はいつもエロ映画しかやっていなくて、晩がおそいのに朝も早い町。高本はアイ子と所帯をもったとたん別荘いきだ。アイ子はボテ腹をかかえて古着屋を手伝っている。弟の竜吉はY組系のヤクザ仲間に入ってしまった。安原はあいかわらず売れない小説をかき下部構造がガタガタだし、闇夜鴉は土地を売って行方しれずだ。硝子屋の新が、今日、見なれない奴をつれて歩いていた。新しい腰巾着をみつけたか、この町は一人へればまた補充がある。

パン助のマサ子が病気だ。だのに白粉をぬりたくって立っている。「驕《おご》れる者久しからず、やな」といったら「卓次、何ぞおごってくれるのんか」ときた。「アホいえ」「ラーメンおごってえな」とマサ子はしゃがんでいう。立ってるとめまいするそうだ。マサ子はまだ十七だ。人間なんてうたかたみたいなもんだ、——ただ、恋したときだけ、その思いが人間自身より、生きているようだ。

大阪の水

1

タミ子がはじめて岡野と会ったのは、守のグループの結婚式場でだった。すこしおくれたタミ子が、式場（それはビルの地下室を一日借りたものだった）へはいると、誓詞《せいし》朗読だのコーラスだのはとっくに済んで、みんなもう、したたかきこしめしながらツイストをおどっており、部屋のそとまですさまじい音楽が流れていた。

レコード番をしている守の横に、椅子に馬のりになった男が、長い脚をきゅうくつそうにまげて、グラスの酒をのんでいた。タミ子がなぜ、彼に目をとめたかというと、見知らぬ顔というより、ここのムードとはすこしちがうものがあって、守の友人は（守がかけ出しのテレビタレントであるように）自称詩人だの、コピーライターだの、天ぷら学生だの、鼻の悪い右翼ボーイだのと、ヘンなのばかりであるが、その男は、堅気のサラリーマンにみえたのだった。守はタミ子を招きよせて紹介した。花婿側の友人で、岡野だといった。

　岡野はたちあがって椅子をどけると、やアと頭をさげたが、その視線は一瞬、無遠慮なほどつよくタミ子に当たった。顔や体つきからくる若々しい感じと、その鋭い眼つきがしっくりと合っていて、一種の雰囲気があった。黒っぽい背広をきて、立つと案外、長身だった。

「花井《はない》タミ子です」

　タミ子はくちごもって頭をさげたが、そのとたん、どっとみんなが食べものと飲みもののあるテーブルへ押しよせて来た。レコードが止まったらしい。

　グループの中でいちばん年若い守は、みんなに使われやすいらしく、

「守ちゃん、ビール!」

「おいきた」

「守ちゃん、サンドイッチ、廻してくれ」

「オッケ」

「守ウ……」「おい、守……」

「うるさいぞ!」

　守はカンをたてるふりをして、

「守、守、と子供あつかいしやがって……なめるない！」

「やかましいやい！」と、誰かがすかさず、

「選挙権があるからって、オギノ式を知ってるからって、大人ぶるんじゃねえぞ、守！」

守がとっさに答えを思いつかないうちに一座は腹を抱えて笑い崩れた。それからまた、わんわん唸るようなツイストが鳴りはじめ、みんな片手にサンドイッチを握ったまま、中央へおどり出した。

「なかなか、面白い人たちですね」

と、ふいに岡野がタミ子に話しかけた。

「ええ、面白いんですのよ」

タミ子は向うの隅の、女ばかりのおしゃべりの座へ加わりたかったが、手持ちぶさたらしい岡野が気がかりで、そっと彼のそばへゆきながら、とりなすように微笑して、

「また、こんな集まりにはどうぞ……」

「ありがとう」

その日、ふたりが交した会話はそれだけだった。それぞれの友人が来て、引きはな

されてゆき、彼は酒のグラスをもったまま、壁ぎわで友人と話していた。

それからしばらくして秋に、Kホールでオペラがあった。タミ子は会社の友達の江川朝子に券を手に入れてもらい、彼女のうしろに従って華麗な正面ロビイのエスカレーターをのぼってゆくと、ギャラリイにいた青年が、通りすがりざま、朝子に目礼した。それが岡野だった。はでにひきとめてタミ子に紹介する朝子のようすには、何となく岡野とのなれなれしさをみせつけるようなところがあった。

「しばらくでございました」

タミ子があいさつしたのが、よほど朝子には意外だったらしく、岡野とタミ子の会話をむっとした顔で横できいていた――富裕なうちのお嬢さんで、退屈しのぎに勤めに出ている朝子は、折々はこうしたわがままも平気でみせるのだが、

「あの、以前お目にかかったのはね……」

すぐゆきとどいた説明をして、朝子をやわらかく話にひき入れようとするタミ子の、年上らしい心くばりに、機嫌を直したらしい顔色だった。朝子の両親と、岡野の両親とはふるいつき合いである話などが出た。大阪支店へ転任して一年ばかしの岡野のくせに、女友達が多く、朝子は肩をすくめて、

「女には危険な人らしいわよ」

と、これはふたりきりで席へ入るとき、前後にもつれて、ちらとささやいた言葉だった。

しかし、タミ子にはどこが危険なのか分からない。ただ、岡野のさわやかな東京弁と、身ごなしの若々しさに、いかにも若者らしい清潔さをつよく感じただけで、そこにひかれる娘たちもあるだろうけれど、二十八のタミ子には、ゆきずりの男たちの一人にすぎない。

タミ子の席は偶然にも岡野の前だった。彼はおとなしい観客で咳一つしなかった。一幕の中ほどで彼はタミ子の肩ごしに無言のまま、オペラグラスを渡してくれた。

「ありがとうございます」

とうけとると、隣席の朝子がめざとく横目でみつけ、タミ子の脇をつついた。それは、(気をつけないとダメよ)とも、(そら、もう始まった)とも(ね？……でしょう)ともいろんな意味にとることができた。が、いずれにしても岡野に関する悪意あるからかいにはちがいなかった。

しばらく目に当ててから、朝子に廻した。すると朝子はまってた、とばかりひったくり、大急ぎでピントを合わせている。ふと、タミ子は、岡野がオペラグラスを朝子より先にタミ子に手渡したことで、朝子が怒っているのではないかという気がした。

また、岡野のほうも朝子に渡してくれ、というつもりでタミ子にことづけたのかもしれない。しかしそうとらねばならぬような、感情の交流は二人の間にみえなかったし、岡野のこだわりのない態度からも、特別なものは感じられなかった。けれど、タミ子はそれからは気をつけて、オペラがはねたあと、岡野に喫茶店にさそわれると、朝子をさきにたてるようにし、あんまり口は利かなかった。二人はタミ子の知らない人々の噂話をして興がっていた。

オペラでの出合いのあと、一週間ばかりたってからだった。

タミ子はつとめがえりのおそい電車にのっていた。うっかりして、降りるべき駅に来ていながら、とっさにドアまで走り出す勇気がなく——車内の視線があつまるのが、タミ子には堪えきれぬきまりわるさだったので——つい、やりすごしてしまった。電車は発車した——と、横へゆっくり近づいてきた男が、

「なぜ降りなかったんですか？」

と声をかけた。驚いてふり仰ぐと岡野だった。

「僕はこの次なんですよ。ときどき、あなたをみかけます。次の駅で用事ですか？」

「いいえ……」とタミ子はくちごもって、

「さっき、降りそびれて」

岡野は、その意味が分からないらしかった。奇妙に卒直な、まっすぐな、(とりようによってはいじわるい)眼つきでじっと彼女をみつめていた。

「だって、ドアはあいてたじゃないですか?」

「はア、……でも」

タミ子は口をつぐんだ。ばたばたと車内を走るのがはしたないようで、目の前にドアがありながらぐずぐずと降りそこねてしまった、それをどういいようもなかった。高校時代に、語尾をハッキリ、語尾をハッキリ、と先生に机を叩いて叱られたことを思い出しながら、彼女は目を伏せ、指の腹でドアの冷たいガラスにもじもじと字を書いていた。

ぶあいそな女と思ったのか——岡野はそれきり、話しかけなかった。そのとき、岡野は会社名のはいった封筒をもっていた。目の早いタミ子はチラとみて、その会社が彼女の会社と取引関係のあることを知ったが、もちろん、そこから話題をひき出す如才なさは彼女にはなかった。

次の駅で二人は降りて別れた。

彼から電話があったことを、江川朝子に告げなかったのはなぜだったろう? それはタミ子自身にもわからなかった。電車で会ってからさらに二週間ばかりもあとであった。

「おぼえておられますか。岡野です」

電話できく彼の声はおちついてひびきが強かった。

「はア、存じております」

とタミ子はややかすれた声で答えたが、われながらおかしな答えだと思って、受話器をにぎった手が汗ばんできた。

「このあいだ守ちゃんに会いましてね、あなたの会社を偶然知ったんですよ。……どうですか、およろしければ、今夜、〈巴里〉で飯を食わんですか?」

アクセントがちょっとかたよっているようでもあったが、彼の言葉はキビキビしたききなれぬ東京弁である。あまり長いことタミ子が考えこんでいるので、岡野は、もしもしとうながしてきた。

「今日はちょっと都合がわるうございますの。いつか、また……」

タミ子は考え考え、いったが、息を切らしながら言葉を継《つ》いだようになってしばらく岡野の方でも変に思うようであったが、

「それじゃ残念ですが、またお誘いしましょう。どうも――」

とタミ子の返事もきかず、切ってしまった。淡白なのか怒ったのか、どっちともと

れるような、そっけなさである。

切れてからタミ子はいずれにしてもひとこと、礼をいうのであったと後悔した。しかし断わった理由は自分でよく知っていた。

都合がわるいからでなく、〈巴里〉は会社のちかくのレストランで、誰かがいつもいるからで、もし〈巴里〉でなければ岡野と会ってもよい。そう、タミ子がとっさに思いめぐらしたのは、岡野とつきあっていることを会社の誰彼に、ひいては朝子に知られたくない気が起こったにちがいなく、その気持ちを裏返せば岡野にもう一度あってみたい気がするのだった。会ってどうしようというのではないが、ただ何かをたしかめたい気がする。何をたしかめるのかは、タミ子にも分からなかった。

一週間ほどおいて、何となく彼から電話がありそうな予感がしていたら、やはりかかった。タミ子はあまり鋭すぎる自分のカンにふと不安をおぼえた。

「ミナミのね……」

と岡野は場所を説明したが、大阪人の発音やアクセントとは全然ちがうので、何か見しらぬよその都会へ案内されるようで面白かった。その場所はタミ子もよく知っていた。

「来ますね？」

「はア。うかがいます」

「七時でいいですか」と彼は念を押した。

「けっこうでございます」

タミ子は静かに受話器をおいて、いつもと変わりない動作で書類を提出するために席を立ったが、岡野という男の、あの平凡な印象からどきりとした一面をうけとめたように思った。〈巴里〉でなければ会ってもよいと、タミ子がいったわけでもないのに、さっとほかの場所へ身をかわすような岡野の素早さは、タミ子の心をみぬいてだろうか。

そのレストランは心斎橋筋《しんさいばしすじ》から横へ折れる道にあったが、路地をぬけると近道ができるので、タミ子は心得たふうに、推量しながらまがったが、どうしたのか、レストランの入口はみつからなかった。肌寒い夜で、ちいさなバアやたべもの店にこまごました灯りがはいったり、ネオンがこまかい細工で光っていたりする路地は、折りたたんだ首飾りのように美しかった。水たまりをよけながら、タミ子は古びた革の手提げを胸に抱くようにして一軒ずつみていったが、半開きの裏口の硝子戸をあけて、ボーイが屑の入ったバケツを提げて出て来たり、女が袖をかき合せてひらりととび出していったりするのにぶつかるだけで、見おぼえのあるレストランの路地とはどこか勝手がちがっていた。

タミ子はすこし狼狽《ろうばい》して足早になり、もときた電車通りへ出ようとした。するとますます飲みやの雑然とした横町へまぎれこんでしまった。引っ返すと、またはじめての町へ出てしまった。映画館のネオンが頭上にあった。タミ子は震える手で手提げをあけ、蛤ほどの小さい硬貨入れからやっと銅貨をつまみ出すと、暗い喫茶店の軒先の電話をかけた。レストランの岡野はすぐ出てきた。三十分遅刻してるよ、と注意したがべつに怒っているようでもなかった。居場所から見当をつけたらしく、道順をおしえて、

「迎えにいこうか？」

と気軽くいう。タミ子はわかったからすぐいきます、と答え、受話器をおくなり小走りになった。

レストランの灯は赤っぽかった。白いテーブルクロスもだいだい色に染まっていた。

「なアにをしてる……」

岡野は煙草を捨てると、裸婦の絵が掛かった一隅のソファから立ち上がって寄ってきた。クロークにコートをあずけているタミ子のそばまで来て、

「じっさい……」と、意地わるい感じでなく、からかいの舌打ちをした。時計は七時半だった。タミ子は額ぎわに美しい汗をびっしりと浮かべていた。

「困ったひとだね。大阪ッ子のくせに、東京もんに案内されてる……」

そして彼女の肘《ひじ》をうしろからつかむようにして、

「大きな迷い子……」

と笑った。その笑いはタミ子の気に入った。彼の口調が奇妙に卒直で、学生っぽいのも好もしかった。料理が運ばれると、タミ子は問われるままにぼつぼつと、両親のないこと、兄夫婦の家に同居していることなどをしゃべったが、岡野の視線がタミ子に据えられると、どっと汗がふきあがるようで、タミ子のフォークはカチカチと皿に音をたてた。あわてて来たので、髪なども乱れているにちがいないと思うと、タミ子は顔がゆがむほど心苦しかった。彼女は辛そうに皿に顔を伏せた。

岡野はタミ子だけでなく、誰に対してもそういう傲慢《ごうまん》で、卒直な目つきをするのだが、傍若無人に飲み食いして、食事のおそいタミ子のほうをろくろく見もしなかった。

「つまらないオペラでしたね」

さっさと食事を終わってコーヒーを前にしながら、岡野は煙草をふかしていた。この間みたオペラをけなしたりしたが、それは関西の歌劇団のもので、あとでわかったが、岡野は大体において、関西のものだとけなすのだった。

大阪という土地に肌なれしていないよそよそしさがあり、東京者の意識があって、はやく東京本社へかえりたがっていた。何かというと東京と大阪のちがいが彼の口へのぼった。タミ子はまだ見たこともない東京を彼の口うらからいろいろ想像することがあった。

レストランを出ると、晩秋のつめたい夜気に灯がきらめいて美しかった。岡野はさっさと歩いてゆく。タミ子がはかばかしい返事もしないので、気をそこねたのだろうか、男の淡白さがタミ子にはこわくみえた。彼女はしだいに物がなしい気持におそわれた。

「どうしたの？」

えびす橋の上で、岡野はついに気付いたのであろう、たちどまって二三歩おくれてくるタミ子をまった。この橋の上にはいつも道頓堀《どうとんぼり》川のネオンを見物する人が群れているので、立ち止まって話すには好都合だった。岡野は煙草に火をつけると、ネオンのせいで青ざめてみえるタミ子に、

「気分でも悪い？」

「いいえ……あたしのこと、しんきくさいと思うてはるでしょう?」

(なんでうちを誘《さそ》いはったんですか? 期待はずれやったんとちがいますか?)とはタミ子にははしたなくていえないあからさまな質問で、岡野はれいの、ぶしつけなほどの鋭い視線をあててだまっている。タミ子は、

「えらいご馳走して頂いて……悪うて……」

と口ごもった。(高いお金を出さはって、あたしやと、あんまり面白うのうて、引き合わんと思いはったんとちがいますか?)

その申しわけなさとすまなさでいっぱいで心を痛めているのだった。

「妙な人だな」

と岡野はうす笑いして――しかしその笑いには好意があったのはタミ子の言外の意味を悟ったのか、

「何を言ってるんだ」

と砕けた言葉になった。

「また、誘うよ」

翌朝、タミ子は会社で、タイプのカバアをはずしながら、朝子のほうが見られなかった。

いま話せばまだ間に合う。昼のときも、食堂でいっしょになってそう思った、今ならまだいえる――が、とうとう、一日いいそびれてしまった。だいたいタミ子は人の顔いろをよむのがはやく、人のきげんにはいちばい気を使うほうなのに、かんじんの個所で、思いきったことをする、自分の、そのひそかな大胆さをタミ子は恐れていた。

とうとう、江川朝子にはうちあけぬままに、岡野と三度、四度食事をした。

なぜ岡野は自分をさそうのであろう。美しくもないし、気の利いたことをしゃべるわけでもないのだが。

その年のクリスマスに、岡野とタミ子はちいさい酒場へいった。飲めるだろう、とすすめられて、

「あたし、だめです。お酒もたばこも……」

「面白くない人だなあ」

「どうぞ、岡野さん、たくさん召し上がらはって。うち、ここでみてますよって」

「君には降参だ」

タミ子はほんとはのめるのだが、赤い顔になるのが醜いと思って、岡野にはずかしいのだった。ジュースに口をつけている彼女に、

「いくつ？」

と岡野は無造作に年齢をきいて、

「いけなかったかなア。女の人にこんなこと……」

「いいえ」とタミ子は、

「二十八です」

とこれも無造作にすずしく答えると、岡野はおどろいた。

「僕のほうが下だ。大阪の女の人って、ずいぶん若くみえるんだね」

「でも、東京のほうが綺麗な人はようけ、いたはるでしょう」

「綺麗、汚いの話じゃないんだ。大阪の女のひとッて、何だか歳月がそのひとのまわりをよけて通っていくような、のんびりしたところがある。そういう、えたいのしれない若さだよ」

岡野もウイスキイソーダ二杯で赤くなっていた。

二人はそこを出た。岡野は同じ駅でおりて送ってくれた。

いつでもぐずぐずと歩のおくれるタミ子にも岡野はようやく慣れたふうで、立ち止まって、

「何をさがしてるの？」

「あの、紙の帽子……ほら、さっきバーでくれた三角帽子。兄の子供が喜ぶやろ、思うてもってかえったのに……」

それなら僕のポケットにある、と岡野はいった。笑いながら彼のオーバーのポケットへ手をつっこもうとして、タミ子はふいに強く抱きよせられた。

2

接吻ははじめての経験ではなかった。以前、会社へきた取引先の店の青年と、ままごとのような恋愛の思い出があった。彼は気の小さい青年で、仕事の失敗を気に病んで故郷へかえり、いろんな出来ごとは、彼女の内部にふかい根をおろさずに過ぎてしまった。

しかし、いまはちがった。いま、岡野の唇をかんじながらタミ子は自分がそれをえらんだのだ、とはっきり思っている。自分がこの男をえらび、自分がこうなることを望み、自分が彼を愛すること（といってぴったりしなければ——気に入ること）をえ

らんだのだ、と思った。そう思っているときは心の調子もたかぶってはりつめていたのに、

「君は……可愛い人だね」

岡野にそうささやかれると、どっと、こらえ性がなくなって、泣けてしまった。

「どうした？」

岡野は狼狽《ろうばい》して、

「いけなかったのかい？　……」

タミ子はものをいおうとしたけれど、涙があふれてとまらなかった。あんまりやさしい言葉はかけんといて！　タミ子はそう叫びたかった。一瞬のうちにすばやく考えをめぐらせるくせのついたタミ子には、もうさきざきの物悲しい画がかけている。岡野はどうであれ、タミ子の未来に、そんなやさしい言葉は却って毒になるにきまっている。

家の前まで送ってくれて、岡野はタミ子の手をにぎると、じゃ……といったが、タミ子はちいさくうなずいたきり、顔をあげなかった。門灯の下で、泣きはれた顔が、岡野にみ苦しくうつりはしないかとおそれたからだった。

タミ子は一、二日のちに、守の所属しているプロへ電話をかけて、喫茶店へ呼び出

した。会社をひけてからいってみると、守はもう来ていて、薄よごれた白いトックリセーターにカーコートを着、入口ちかくのジュークボックスにより掛かっていた。彼はジュークボックスが好きで、よくタミ子は、彼がチューインガムの口を動かしながらあくことなくボタンを押しつづけているのをみる。内部のマジックハンドのような手が、ゆっくりレコードをもちあげ、もちおろすのをつかれたように見入り、針が音もなくすりよって音楽をきしませるのに夢中になって耳を傾けている。たった一人のアパートへ帰っても寒いばかりで面白くもないことだろうと、タミ子は哀れに思いながら、空いた席へ押してはいって、

「あ、ほつれてるわ……コートのここ。お正月までに縫ったげるわ」

と守の服に手をのばした。タミ子は、昔守のうちのちかくに住んでいて、幼な馴染《なじみ》なのだが、五つも年下の守は、親身の弟のような感じである。

「いそがしいの？」

「いッそがしいッたらない――」

守は汚れた台本をテーブルに投げ出して、

「正月用のとりだめ。まだ残ってるんや」

「一週間まえの推理ドラマで守ちゃんみたわ」

「ああ、〝すべての人は死す〟。おれ、犯人にされてしもて」

「それがつまらん小悪党やった」

「ほんま。女だましたり、借金ふみ倒したり、いつも能なしでぴぃぴぃ……」

「誰かさんみたい……」

「きついね」と守は受けて、「しゃくにさわって、あのギャラ、一晩で飲んでやった」

「悪い子ねえ。そんなことしてるといまに年よって苦労するんやわ。アリとキリギリスのたとえもあるやないの」

「御教訓、胆《きも》に銘《めい》じます」

子供のころからのくせで、いい、いきのあった漫才のような会話がいくらでも転がり出るのであった。守と二人のときのタミ子は、見違えるほど快活で饒舌《じようぜつ》で、のびのびしていた。

「何ンか、用やったの?」

コーヒーを飲んでしまってから守は催促した。タミ子はうろたえた。何を守に話すつもりだったのか、岡野との何を話そうというのだ。どこまでもタミ子自身の問題なのに。

「いいお年をとって下さいッてこと」

　タミ子が微笑むと、守はふん、といったようにたちあがり、痩せた肩をそびやかすようにしてレジのほうへ歩いていった。いまが男にしても美貌のさかりなのだが、そういう体質なのか、痩せぎすで青白い顔をしている。いつみても消耗した表情で、そのくせ、形のよい唇からイキのいい毒舌を吐くのだった。

　年があけて、一ト月に一、二度、岡野に会っていたが、岡野から京都へいこうという誘いをうけたのは早春のころだった。

　タミ子は人の好い兄夫婦に、友達のうちへ泊まるかもしれぬといっておいた。なんの後ろめたさも罪悪感もなかった。意外なところで居直って大胆になる、自分の性質のなかの隠微《いんび》な、人にいえない部分も、いまのタミ子には、昔のように罪とばかり考えられなくなっている。なにか正当化して、そのずぶとさを弁護しようという気にすりかわっている。

　それでも、くらくなるまで社寺をまわって、岡野がえらんでおいた、岡崎《おかざき》のほうの旅館にはいると、タミ子は口ずくなになった。岡野はカメラを肴に、ビールを飲んでいる。

「飯を食わないのかい」

窓によってばかりいるタミ子に、岡野はいった。タミ子は顔をそむけて岡野の視線をさけながら、だまって膳の前に坐った。彼女は服をきちんとつけたままだった。

「何かみえるの？　何もないだろう」

「暗うて——でも松の綺麗なのがあるわ。ここ、小さいけど、新しいおうちやわ」

「松なんかみててどうする。明日は早いぞ」

東山《ひがしやま》ドライブウェイをまわるつもりだった。

岡野は立って、壁に掛けた服のポケットから煙草をとり出すと、ゆかたの前をはたきこんで坐った。タミ子が一粒ずつ箸ですくいあげるように飯粒《めしつぶ》を口へはこんでいるのをみて、

「大阪の女の人は、牛のような食い方をするねえ」と笑った。しばらくカメラをいじくっていて、冷えたのか、

「君もあとから来ないか」

と風呂へ立った。

彼が風呂から帰ってみると、タミ子はそのままの姿勢で、手をつかねてぽつねんと坐っていた。ただ膳は片づけられてあって、夜具が敷いてあった。

「寝よう。眠くならないの？」と岡野がいうと、タミ子は低く口のなかでつぶやい

て、何だかそのへんを片づけ始めた。

「ほっておき。——君は、しぶとい人だな。大阪の女の人ってみんなそうしぶといの？」

岡野はからかってタミ子の前に廻ると、彼女がほそい指にからめているレースのハンカチをみて、「きれいだね」といった。

タミ子にはそれがハンカチのことか、自分の何かをさしてのことか、はっきりしなかった。すると岡野は彼女の指からハンカチをむしりとって、彼女を抱くと、「さあ」とうながした。

そのハンカチはゆうべ、会社のかえりにミナミへ出て、一流店で買ったものだった。

タミ子は、電話ボックスのなかへはいった。それは何ということなく、心のたかぶりをおさえかねたからで——誰にいうあてもないままに、守しか、やはり思い浮かばなかった。彼女は事務所へ電話し、そこから放送局の電話をきき、あちらへつながれこちらへ引かれたりしたあげく、やっと守の声が出てきた。

「来《け》えへん？　いま、心斎橋にいてるの」

「何か用か、おれ、ちょっと……」

守は自分でいっておきながら、

「いや、いこうか。どこにいる？」

「ふらんす屋の前。ハンカチを買うてたの」

「ふうん」

「あたし、明日から旅行にいくの。それで自分で自分へのお祝いにハンカチ買うてんわ。その新しいハンカチ持っていくの」

話しているうちに、タミ子はかーっとのぼせて、混乱してきた。羞ずかしさで火のようにあつく、何のために守に電話をかけたのか自分でも分からない。

「守ちゃん、もう来《こ》んでもええわ」

「何や、怪体《けったい》な奴やな、旅行てどこよ」

「うそ、うそよ。——ほんならまたね」

タミ子はあわてて電話を切った。さすがに岡野とはじめて夜をもつことの感動を、誰かにうちあけないではいられなかったせいだろうか。——切ってから、とり返しのつかないおしゃべりをしてしまったように悔《くや》まれた。

「きこえる？」と岡野にいわれて、タミ子は耳をすました。

「どこの鐘でしょう」

「さあ」

岡野はくらい窓に眼をやるようにして、

「まだはやい。起きないでいい」

と腕をまわしてきた。そういう言葉しか、共通の国語をもたないように。

「君は、男をほんとに知らなかったのかい」

と岡野はれいの奇妙な卒直さで、タミ子をじっとみつめてふしぎそうにいうのであった。タミ子は彼の前では、見知らぬ国の言葉を使っているような気がして、そのほうがずっとよく自分の意志を伝達できるようで好きだった。

「知らんわ」

「君は僕には何もしゃべらなかったね」

「きかれなかったから」

岡野は君の眉は地蔵眉《じぞうまゆ》で美しい、とほめた。タミ子は眉なんかほめられたのははじめてだった。彼女はつぶやいた。

「東京へ帰りたいと思てはるのでしょう」

「いや」と岡野は笑って、

「にぎわいまさる大阪市に、とうぶん腰をおちつけますよ」

といった。それはいつか、飲みやで酔客たちがふざけ半分に大阪市歌を合唱していて、岡野が小耳にはさんだ歌詞だった。彼はそのとき、やっぱり地方都市だね、と軽侮の表情をうかべていた。市歌をうたっていれば、なぜ地方都市なのか、タミ子は岡野がときどきふッと出す東京人の選良意識、東京にいつまでももっている郷愁の念を、彼の歯切れのよい、男っぽい東京弁とともに、ふとうとましく思うことがある。

それは、いつかは彼をつれ去ってしまう、東京そのもののかんじで、

「東京に、ええ人がいてはるのとちがいますか」とほそぼそいった。

「いるもんか」と岡野は彼女の、きゃしゃな指をくわえて、

「君はいつでも家を出られるかい？　いつ結婚しよう？」

「その話はやめて」

タミ子はうすい瞼を辛そうに閉じた。そんなことをもくろんでいるくらいなら、こんなぜいたくな人生の浪費はしなかっただろうと、朝、松の多い中庭にうす赤らんだ朝陽がいっぱい当たっているのをみつめていると、

「何を考えてる？」

岡野はうしろから包むようにして、

「君はしゃべらないね」

「大阪の女のひとはオシャベリだとばかり思っていた」

「そお？」

「それはオシャベリも無口も、いろいろあるわ」

「君は特別じゃないか。全然、電報のような言葉しかしゃべらない」

その日も一日、京都の郊外ですごした。並んであるくと、小柄なタミ子は岡野の肩すれすれしか、ない。

「どうしてこう……大阪の女のひとッて、背が低いのかね」

岡野は悪意のないからかいの微笑をみせたが、タミ子は直観的に、東京でもっていた岡野の生活の中の、女のいる陰の部分を察した。けれども、彼女はそのことを口外しなかった。

岡野のほうではタミ子の、そういう余分のことをいわない寡黙《かもく》な性質を、好もしくも、気のおけることにも思うらしい。おたがい旅行からかえってからも、大ぜいの前であうときはそれらしいけぶりもみせなかった。

そういう、底しれぬぶきみな強さが、色白で小柄で、肉づきの柔らかな、眉の美しいタミ子のどこにひそんでいるのか、岡野は岡野でふと、うとましくも思うときがあるらしかった。

岡野のアパートは六畳一間だった。会社の独身寮がそのうち空くかと思って、いつまでも腰かけのつもりでいるので、汚くちらかしている。ふたりは、もう以前のように町をあるくだけではすまなくなって、あえば岡野のアパートへかえる。タミ子は掃除をしてやりながら、冗談をいうことがあった。

「はよ、奥さんもらいなさい」

「来手《きて》があらへんがな――」

パーコレーターをガスにかけながら岡野はへたな大阪弁を使う。こんな生活をたのしんで、やや大阪に、根をおろした気らしい。岡野も、結婚の話はもう出さなくなった。

春になってある日、――タミ子の会社へ、岡野がふいにたずねてきた。タミ子は帳簿をひろげて仕事していた。彼女は藤色の半袖セーターを着ていた。白いほそい腕には金のくさりが重々しくからんでいたが、それは彼女のおっとりした、しかしどこか不屈の表情によく似合った。

お客さんですよ、と注意されて、ふとタミ子が顔をあげると、ガラスのドアの向うに思いがけなく岡野がいた。タミ子は、かあッと頰に血がのぼりながら、そしらぬふうに目をそらせて、ちょうどもうすぐ昼だったが机の上を片づけると、ていねいに上司の席にことわりをいい、町着のコートをとって室を出た。

「おどろいた？」

岡野は以前、電車で会ったときのように、会社名の入った封筒を手にもっているだけで身軽だった。タミ子はまだ混乱から立ち直っていなかった。白昼、それも生活のもっともオープンな場である職場に、彼女の生活の中の隠微な部分である男があらわれたことが、彼女をうちのめしたのだった。その狼狽が、二人の関係のまっとうな明るいものでない証左《しょうさ》のように思えたが、そしてそのことにタミ子はふと、不吉な不安をもたずにはいられなかったけれど、それだけに岡野へのいとしさで、みるみる心は鮮やかな色に染まってゆくようで、こういう場所においてみると、岡野ひとりが他から浮き上がって輝くようにみえるのだった。

「そとへ出たから、飯でも一緒に食おうと思って」

「受付で待っててくれはったらよかったのに……」

「君がどんな恰好《かっこう》で働いてるか、見たかったんだ」

タミ子は岡野の目からみた自分のすがたを知りたかったけれど、それを口に出してきくような娘ではなかった。岡野もつづけていわなかった。食事しているあいだ、岡野は何でもないことのようにいい出した。

「僕は来週から東京へ出張するけど、すこし長いんだ。秋ぐらいまで向うにいるかもしれない」

「もう、帰りはれへんの？」

「いや帰る、長期の出張なんだ。しかし夏も秋も、あっちですごすだろう。ひょっとしたら、今年いっぱいは無理かもしれないね」

タミ子はだまっていた。それから二人は何でもないように仲間のうわさや映画の話をしあった。だがタミ子は目立って口ずくなになった。

かるいランチを食べさせる店を出ると御堂筋《みどうすじ》で、銀杏《いちょう》がうすい緑に煙っていた。この街路樹から、ビルから、地下鉄から、タミ子はもう幾年も季節のうつりかわりをみつめているのだが、今日ほど、身にしみて茫然《ぼうぜん》とながめられたことがなかった。ふとタミ子は軽いめまいをかんじて、たちすくみ、岡野はいそいで彼女の体を支えた。

「どうした？」

と彼はいった。

「いいえ……」

岡野が大阪を離れることがまだ実感として身についてこず、何となく例のように今夜もあの、彼のアパートをたずねたらそのとき、くわしい話をきけばよいと思った。

タミ子はどうかすると、あとあとの計画をすぐたてて現在いうべきことを、あとの機会にやりすごすくせがあった。その不幸なくせを、自分で知っていることが彼女の心を辛くした。

「じゃ……」

岡野はすぐそこで別れようとした。

「君はタクシーで帰ったらいい。車を拾ってあげよう。僕はこの近くで用がある」

「今夜、いってもかめへん？」

ひどい突風が埃をまきあげ、髪をなぶった。タミ子は、目の中にはいったゴミをつい、指で押えたが、泣いているしぐさのようにわれながら思えて、あわてて手をはなしながら、

「なるべく、早う、いきます」

「だめだ。今夜は送別会でおそくなる」

「いつ、たちはるの？　そんなに急に？」

タミ子は狼狽して口ばしった。

「うち、お見送りしてもええ？」

「送らなくてもいいよ、みんな来るらしいから顔があうとまずいだろ。来週の火曜だ

けど──そのうち、どうせ帰るんだし……元気でね。手紙、かけたらくれ」

タミ子はうなずいたが、とたんにぽろぽろっと涙がこぼれ、と、もう自制できなくなってしまった。

「おい、困るよ。人が見るじゃないか」

岡野はむっつりした顔で、まるで犯人を拉致《らち》する刑事のように腕をつかんで路地へひきこむと、

「どうしたの、へんじゃないか、一生のわかれみたいに」

彼はちょっとためらったが、

「今夜、会えるようだったら電話するよ」

だが、電話はなく、その後岡野にはあえず、月曜の朝、彼の会社へ電話すると、予定がかわって日曜にもう東京へたったというのだった。

3

岡野にはタミ子は強い女にみえたのであろうか。「大阪の女ッて、情にもろいようであんがい剛《こわ》いよ」などと誰かにいっているのではあるまいか。

岡野がいなくなると、朝子も、まもなく病気欠勤したりずる休みをつづけたりで、ほとんど辞めたようになった。守たちの仲間でもすこしさびしくなったのか、〈巴里〉のメニューのうらに寄せ書きし、

「大阪の酒とネオンと悪友と

君が一生《ひとよ》に忘らるべしや」

とかいて送ったことがあったが、それにたいする返事もとうとう来なかった。

タミ子はせっせと手紙をかいていた。予期通り、返事は一通も来はしなかったが、出した手紙も一通もかえってこなかったところをみると、岡野の手には渡っているのであろう。——すべて、ずっとはじめに、彼女の想像した通りだった。寸分のくるいもなく、あるべき運命にはめこまれてゆく。

タミ子はどんな意味ででも彼を責めるつもりはない。自分が彼をえらんだのだ、じゅうぶん、さきの運命もみこして。

しかしそれらとは別の地点で、吐く息さえ熱くなるほど岡野が恋しかった。タミ子は左の二の腕に香水をしめらせながら、このへんに岡野がふれたのだと、われながら

愛しい思いで、思わず強くそのあたりを吸ってしまった。

そうして思いきり、咬《か》んでみたりする。

胸は重くふさがって、身内はもえるようにあつく、とりとめもない遠い情感にあたまがぼうっとする。

とろとろとまどろみかけると、岡野が、往来に面した窓を叩くような妙な気がしてぱっと目がさめる。彼がくるはずもないことを知っていながら、またしばらくは彼の足音がそのへんにきこえそうな気がして、身をひきしめ耳をすます。枕をかむほど彼が恋しくて、涙が目尻から流れるのにも気付かなかった。岡野にあいたい。岡野の声を耳にし、岡野の手で髪を撫でられ、岡野を信じてみたい。

岡野と再会したのはあくる年の夏になった。

地下街の遊戯場の中だった。及び腰になって、一回十円の覗き映画をみているタミ子やだれかれの尻を叩いて、岡野がいる、と教えたのは守だった。

岡野は会社の同僚と遊びに来ていた。――大阪へ帰っているならどうして、連絡もしてくれないのであろう。彼はつれの男たちから離れ、みんなのほうへやって来た。すこし夏やせして、髪が乱れ、顔色はひどく日やけして歯ばかり白かった。

「東京？……うん……一週間前にかえった。いや、またすぐいくんだ。こっちは暑いや。彼、どうしてるの？」

などと仲間の名前をひとりひとりきいてうれしそうだった。しかし心ではどうか分からない。タミ子にあいさつを送ってくるのも、今はじめて発見したように自然だった。

「やあ」と彼はうなずいた。まるで昨日あったばかりのようになれなれしく。そんなところが彼のゆだんならない点だった。

みんなでお化け屋敷へはいることになった。

小さい箱がレールの上を走っていた。トロッコはアベック用で二人のりだった。順々にのりこんで、岡野とタミ子があとへ残された。

「さア」と岡野がいったのと、「止すわ」とタミ子がいったのと同時だった。岡野はかまわず彼女の手首をつかんだ。タミ子は怒った顔でのりこんだ。トロッコはふざけたアベックで一ぱいになり、まもなくゴトゴトとレールの上をすすみ出した。すぐ、前後左右は真のくらやみで何一つみえなかった。岡野はしぜんに彼女の手を握った。

「逢いたかったんだ」

と彼は耳もとでいった。

「知らん！」

タミ子は息を切らして小声でいい、手をふり離して狭いマッチ箱のような座席の中で、できるだけ彼の軀を避けようとした。けれども、いかにも若い男のそれらしいムッとくる匂い、おぼえのある岡野の体臭と声にかなしみがあった。

「怒ってる?」

「………」

「あいかわらず口がおもいね」

いいかけて、岡野は思い出したように笑った。「手紙だと、オシャベリじゃないか」

タミ子はかっと体じゅうほてるほど恥ずかしくて苦しかった。岡野の余裕のあることばが、侮蔑のようにひびく。

トロッコはあいかわらずゴトゴトと鈍重に進んだ。と、顔に柔らかい息吹きのようなものがかかった。何か、きれが吊りさげられてあったらしい。前後から悲鳴があがった。タミ子は声にこそ出さなかったが、ぎょッとしてトロッコのふちをつかむとそこに岡野の手があった。と、またしぬけにぼうっと右手に青い燦光《りんこう》がうき上がり、おどろいた彼女は荒い息使いで岡野の手に爪をたてた。彼はまっていたようにタミ子の肩に腕をまわし、笑いながら接吻した。岡野は人食い鬼や、妖婆がでるたびに、奇声をあげてタミ子の恐怖を増そうとつとめていた。彼女はオバケの恐怖にうまくのっかって、彼にすりよった。そして子供らしい狡《ずる》さを、彼に嗤《わら》われないかと鋭い羞恥心をかんじたが、結局、短い瞬間だった。闇がおわると、明るい戸口が近づいて来、そのときふたりの手は合っていた。そしてタミ子はその手のふれあいから感じた、こうして二人はもとへ戻った、一年何ヵ月かの月日はなかったもののように、もとの関係へ、許し、やりかけのつづきをはじめるという心が電流のように流れるのを。

だが、一年と何ヵ月かのうち、岡野はかわっていた。あの鋭い視線はもとのままだったが、卒直で学生っぽかった物ごしに角がとれて、タミ子の手をとるのもほかの女の手をとるのもかわりない、なめらかさがあった。彼の内部でなにかが崩れてしまった。

ある土曜日、タミ子がかわりばえもせぬ通勤の道を、駅へむかってあるいていると、すっと横へ、不良っぽい青いシャツの、サングラスの男が寄ってきて、あっと思ってみると守だった。

「いそぐ?」

「ううん。何あに」

「ちょいと、じゃア」

守はすぐ手近の喫茶店へはいったが、冷房のききすぎた店内で、やけにたばこを吸いちらしているだけで、とうとうタミ子が、

「どうしたの？」

というと、

「こっちがききたいよ、それア！」

とつぜん、守にしてはめずらしい怒声で、どなった。ほんとに、どなるという感じだった。レジの女の子も店内の他の客もいっせいにしんとなってこっちをみつめた。知らない者には痴話《ちわ》げんかとみえたろう。守のこめかみには青筋が浮いている。

4

「どういうこと？　これ！」

守はさすがに声をひそめて、それでも強い調子は怒りにふるえるのを、おさえかねるようで、

「僕が知らんと思うてんのんかいな。岡野がねえ……知ってる？　なんでかえって来たか」

「いいえ」

「あいつ、結婚するらしいで。ほら、タミちゃんとこにいた人。江川っていう」

「うん、朝子さん？」

「澄ましてるけど、いいのかい」

守はストローを粉々にしている。「タミちゃんがその気なら、岡野と話をつけようか」

「やめて」

「でも、彼とはどうなの？　結婚せんでもええのんか」

「ええわ」

「僕が、こない怒ってんのに、本人の君がようそんな、のんきな……」

守は神経質に爪でテーブルを叩いて、

「いったいどんな話になってんねんな」

「結婚する約束はしてへんねんわ」

守はまた烈しく爪をテーブルにうちつけて、

「そんな、向うの勝手のええこと、あるかい！」

「ううん、どうせ、うちとあの人は境遇もちがうし」

タミ子はおちついた口ぶりで、

「ともかく、一時はどっちも好きやったから。あたし、それでもう満足やねんわ」

「そんな、貧乏くじ引くことないよ、それでは君のえらい損やないか」

「損？」

タミ子は花のように笑った。めったに笑わない彼女が笑うと、卑《いや》しさのない笑いなので、ほんとに花がひらいたようだった。

「勘定は合うてる。損はしてない。うちはそう思うてる」

タミ子はちいさい、くっきりした唇に、冷たいしずくのいっぱい浮いたレモネードのガラスコップをあてながら、ク、ククと笑って、

「結婚だけが勘定やあらへん。そう、思わへんか？　守ちゃんの前で悪いけど、ずいぶん楽しい思いした。あとから思うたらちょっとの間やったけど、ほんとに楽しかった、思うてるねん。うちの人生では勘定引き合う。

そら、あの人が江川さんと結婚するのん正直さびしい。でも、あの人のうちも金持ちらしいし、あちこち世間の思惑《おもわく》もあるやろし、人間、自分にいちばんええように生

きな、あかんわなア。あの人はあの人で生きたらええのやわ。——守ちゃん、世の中は、どんどんかわりますやろ、人間もかわってゆく、思うねん。あんまりせせこましゅう考えたら損や思うわ、それこそ——」

「ど根性やねえ……」

守はサングラスをとって、くしゃくしゃと指を髪の中へかきあげ、がっかりした声で、

「見かけによらん心臓やな、タミちゃんは。いや、じつはな、ここへくるまでに岡野のとこへよって、いやがらせいうて来た」

「何て」

とさすがにタミ子はじっと守をみた。

「タミちゃんのこと、どないするつもりや、いうたったら、岡野、一言もあれへんねん。何し、向うのいうのには、君のことが、さっぱりわからんらしいわ。結婚しょう、いうたらいやや、いいよる……そのくせ、東京へいく、いうたら人目かまわず泣き出す……いつでも上きげんでニコニコしてて、気がようてつきあいよい相手やけど、あんまりやさしすぎて、何を考えてんのや、わからんそうな」

と最後は守はひどく力を入れた。二人はふき出してしまった。その笑いには、共犯

者のようなひびきがあった。守は自分のことばに自分でおかしがって、涙が出るほど笑いこけている。

「あの人、結局《けっきょく》、大阪の水が性《しょう》に合わんのやなあ、うちの気持ちがわからんところをみると」

とタミ子はひとりごとのようにいって、

「とりあえず、ほんなら、うちは失恋やな」

「はいな」

と守も漫才調でうけて、

「ま、そういうとこや」

「一丁あがりイ……か」

「あんがい平気やな、失恋やったら失恋らしい顔しい」

「大きにはばかりさん」

すらすら出る会話が、いつものようにピッタリといきがあうのだった。

守はコーヒーに浮かんだ氷をがりがりたべて、「ま、ええが。な……」

何に対してともなく、あいまいなことをいい、

「さ、かえろ。送ったるわ」

とそとへ出た。ふところの寒い守にしてはどういう了簡《りょうけん》か、冷房つきのタクシーをとめた。何となく、心づくしのようなものが感じられるのだが、タミ子ははやく一人になりたかった。ところが守は車の中でもうるさく、

「昔なあ、マイアリンクいう映画あったやろ」

「〝うたかたの恋〟でしょう。見たわ」

「僕、あれ再映でみた。こうして殺すんや。(と守は人さし指をピストルにして頭へ擬して)男が女のねむってるところをうつ。バーン！　……こめかみをさ」

なぜそんな話を急に思い出したのか、とタミ子は厚い硝子窓のそとの、午後の町をみながら、

「あの女はダリュウやった？」

「そう」

「映画で、あの令嬢の名前は何て……」

「マリー・ベッセラ姫」とすぐ守はいって、

「きれいやったなア。……君は」とタミ子をみた。「殺されたい？」

「なぜ？　だれに？」

「だれにでも——男にさ、もちろん。愛されるあまりやないか。無理心中ってのは

いている。

な、そうやろ?」

タミ子はだまった。守もそれからはだまってしまった。

無理心中するような純粋な愛が、あるかどうか。守は淋しそうに黒眼鏡のたまをふいている。

岡野からの呼び出しの手紙にも、電話にもタミ子はとうとう、返事しなかった。江川朝子が退社あいさつに会社へきたとき、タミ子はおめでとうと、いつものきれいな小さな声でいい、三百円ずつ出しあったお祝いの記念品を、朝子にわたして、「お茶漬セット。特需課と、総務課の何々さんと……」と数え、「ちょっとあいさつしといたほうがいいわ」と、こまかく教えるのもいつもとかわらない。「おしあわせに」と結婚で退社する女子事務員にはみんな拍手で送るので、ふだんと同じようにタミ子はゆきとどいてやさしかった。

十月にはいったある日、タミ子は速達をうけとった。差出人は、しばらく逢っていない守である。放送局の名入り便箋で、ボールペンの乱暴な、まずい字である。

「拝啓。僕のうちは貧乏でした」

守は怪体《けったい》な文句からはじめていた。

「それは幼な馴染《なじみ》の君がよくご存じの通りです。僕は小さいころ、闇市場からよく芋飴や団子をかっぱらったものです。今のようにチョコレートやキャラメルのなかった時です。でも僕はいつも偶数のかずでかっぱらった。なぜかというと、妹がいたからです。君もおぼえてるように僕が十のとしにあの子は栄養失調で死にました。僕はずいぶん泣いたものです。それから大きくなって十七の年に初恋をして失恋しました。鉄道自殺未遂をやらかしてオマワリにつれ戻されたのです。父は小さいとき戦死したので顔もおぼえていませんが、十九の年に母に死に別れたのは辛かったです。ほんとにほんとに心から泣いたものです。

生きていると辛いこともいろいろ、あるものです。

左様奈良・敬具。

追伸。かんじんのことを忘れました。

僕といっしょになりませんか。(古めかしい言葉ですみません。でも、いまの僕にはいちばん現実性をもった言葉なのです)

面とむかっていうのははずかしいので、手紙を出すのです。僕は芽の出ない役者ですが小さい時から君が好きだったのです。(べつに関係ないかな)岡野さんに惚れてた君をみるのは辛かったです。

僕のこと、YESなら明日の岡野さんの新婚旅行のみ送りに来て下さい。NOならおよしなさい。

僕は、僕のような者でもこうして精一ぱい生きている、それを君に知ってほしかったのです」

突然、出港のドラが鳴った。「螢の光」が意外な大きさで流れだした。スピーカーから出る音楽があまり大きいので、波止場の風景にすこし安っぽさを与えた。船腹には水面のゆらめきが陽気に映えている。もつれた色さまざまのテープの下をかいくぐって、守がかけよって来、白のテープをタミ子に握らせてくれた。

ひとしきり、明るい秋の空に、いくつものテープが、きれいな弧をえがいて船から岸へ、岸から船へ、と乱れとんだ。

岡野は外人客のそばに、小柄な若々しい花嫁をたずさえて立っていた。この内海航路は新婚旅行の組が多いので、甲板もそれらしい彩りで華やかだった。

花嫁は数本のテープを一手にひきうけて、踊りあがるように活潑に花束を振って見送りの人々にこたえていた。岡野は無邪気な花嫁のよこで、その無邪気さをきまりわるがっているようにみえた。

タミ子はめだたぬしぐさで、テープを手放した。にぎったテープから、岡野の手の温かみが感じられるようでいやだった。

船がうごきはじめると、喚声《かんせい》が高くなり、テープは片はしから他愛なく切れ、風に大きくたわみながら散り散りに吹き払われて人々の足もとにふみしだかれ、靴やズボンの裾にからまった。

人波はくずれて、船首のほうへ固まりとなってはしり出していた。

船腹にいくつも丸窓のある巨体は、秋の日をあびて真ッ白に輝きながら、いまは信じられぬほどのすばやさで、クルリと向きを変えようとしていた。すぐ、岡野の姿はひとびとの頭にさえぎられてみえなくなった。船足というものは思いがけず早いものだとタミ子はおどろいた。

「アー、ゴミと共に去りぬ、やなア」

いつのまにか、守がそばに来ていて、靴にまつわりつく五色のテープの屑をけちらしていた。愁嘆場《しゅうたんば》になるところを、すっと身をかわすそのタイミングが、タミ子と守はよく合う。これも、大阪の水が性《しょう》に合うせいか。

タミ子はわざと守のほうはふりむかずに歩いていった。人生には辛いことが色々あるものです——若いくせに……——なまいきいって。

タミ子はくすッと笑おうとしたが、明るい涙がふと、眼にわいてきた。

虹

1

寒い冬がきて、足の痛みがはじまると、わたしは感情的にひどく脆《もろ》くなるくせがあった。

それも他人にではなく、おのれに甘いのだった。意気地なくヘナヘナと自己憐愍《れんびん》のカラに逃避してしまい、使いふるした二つの目玉を、ふがいない涙で腐ったブドウのようにただらせながら、しじゅう哭《な》いていた。うすら甘い自己憐愍の快さが胸一ぱいにただよう。

そしてわたしは蒲団をかぶって泣きじゃくりながら、それでもまだ泣ける自分というものに安心して、いつか寝入ってしまうのだ。

八方塞《ふさが》りだった。手も足もでなかった。失業して一年半にもなる。いい年をして、わたしは母に食べさせて貰っていた。わたしがまるで恥ずかしいことみたいに、背を向けて履歴書をかいていると、母はかなしくいうのだ。

「いまどき、あんたなんかに職がありますかいな。むだやから、止めなさい」

が、わたしはどこかあるだろうと、タカをくくる気で性こりもなく当っていた。尋常な女の子さえ働き口のないこの世の中で、わたしは高校を出て数年たっていたし、しかもびっこという負債は重かった。片っ端から断られた。エタイの知れない貿易会社や、ガラのわるい鉄板問屋や、崩れそうな三流ビルの一室や……あそこからもここからも〝不採用となりましたので、不悪御諒承被下度〟の薄っぺらなタイプの手紙が毎日、落葉のようにヒラヒラとまいこんでくるのだ。そのたびに母は、泣くかわりに笑うような、せつない笑顔をみせて、ほれ見なさい、という。わたしは妙に居直る気持で腰をすえて一枚一円の美濃紙の罫紙を、やけのやんぱちのように汚していった。履歴書、とかいている間だけでも、ほしいままな夢がもてる。連日、わたしはそれを三四通、かくしへ忍ばせて、空と水の美しい大江橋《おおえ》を渡っていった。宏壮な堂ビルの入口には、オフィスガールたちが、きれいな小ぎれを散らしたように群がっていた。わたしは前の会社で、中小企業に働く女事務員の辛苦をつぶさになめていたから、このらの大会社には羨望があった。どころか、今ではどんな待遇のひどい中小企業の職場ですら、わたしにはせつないあこがれになっていた——はやく、昔のように力のかぎり働きたかった。もう、どこでもよかった。卯之助《うのすけ》のことを忘れ、そして母の負担をいくぶんでも軽くしてやれるなら。わたしと母は、水道集金人の母の給料で、今のところどうにか食べつないでいるが、二夕間のボロ家にせよ、一軒かまえるとなると、家賃、電灯、ガス、水道、とのっぴきならぬ出費が厳然とたちはだかって、乏しい母ひとりの稼ぎでは追いつかなかった。

母娘二人が今まで働いてためた血の出るような貯金を削り削り、日を送っていた。わたしは母に争議に負けたから辞めねばならぬ仕儀になったのだと打ち明けたが、母は納得せず、かや子ひとりがそんな目をみることはない、ときかなかった。が、わたしもすでにきまったことでどうしようもなく、卯之助へのひそかな義理立てもあった。そのときは卯之助といっしょに辞めることに嬉しささえ感じていた。母は折れた、(そンなら一二年、みっちりお稽古ごとでもするかや？　そいでまた、どこぞへ勤めてもええがな)といった。——が、卯之助は復職しわたしは裏をかかれた恰好になった。そうなると老いた母を働かせて若いわたしが遊んでもいられず、母が菓子折りなどもって頼みにいってくれた洋裁塾にもろくに顔出ししないで、わたしは就職に奔走していた。女の子ひとりぐらいの口ならあるわと楽観していたわたしの甘さは、現実に向きあって美事にてきびしいしっぺ返しをうけた。想像以上にせっぱつまった就職難だった。

毎日むなしく履歴書の日付を書きかえるだけなのだ。求職者が多すぎた。

絶望の日がつづくと楽観的な気持はしだいにしぼんでわたしは不吉なボンヤリした恐ろしさをようやく感じだした。このまま貧しさが底をついて——それはもう遠いことではない。貯金もあと少しでしまいだ——そのうち母も老い、野たれ死にするか、養老院で朽ち果てるか、行き倒れになるか。わたしはといえば老嬢になり老婆になり、愛するものもなく愛された想い出もなく、孤独とひがみだけを抱いてあの世へゆくのだ。こわかった。

底のしれない恐怖でわたしはすくみあがった。暗闇におしひしがれておびえる幼児のように。どうして生きてゆけというのだ。

しかし生きる恐怖を理解できる今になって、わたしははじめて卯之助の変節を宥《ゆる》すことができそうであった。

「ふたりの妹に四人の弟!」

あのとき、やはりここで、卯之助は石の手すりに顔をおしつけ、うめいたのだった。

「おれが一ン日でも働かなんだら、小さい奴ら、どうなると思う? ……いまどき、男の勤め口なんてあれヘンしなア。おれの体では、ニコヨンもつづかんし、よ――」

わたしは闇にまぎれて卯之助がさっきから泣いているのではないかと思っていた。生活の重みからいえば、卯之助の肩に掛かるものはわたしなどの比ではない。わたしも貧しいが彼はさらに輪をかけていた。彼の父は最近死に、しかも病弱な継母と、十三の妹を頭に、六人の弟妹が彼の首に首かせのようにまつわりついていた。働いても働いても、ザルで水をすくうように、むなしく生活に追われる。

「ねえ……おれアね――ほんまいうたら、もう死にたいと思うときがあるんやで」

卯之助は寡黙《かもく》な男であった。彼のたまさかのことばをわたしはおののきながら、砂金のようにまぶしく掬《すく》いあげたものだ。それだけに胸の奥から吐き出すようなうめきは、へんになまなましい実感があって、彼への愛といたましさに、わたしを身震いさせた。

わたしたちは、会社で不手際な争議に敗れ、その前日一しょに辞表を出していたが、彼の継母は彼の軽卒を責めて社長のもとへゆき、泣いて詫びを入れたのだった。これには卯之助も参っていた。それに社長もおちついてみると、気が変っていた。公設市場の荒物屋から身を起した社長は、無一物から戦後の混乱に乗じて金物卸問屋を作りあげ、その卓抜な商才をふるってたちまち業界を牛耳った辣腕《らつわん》家だったが、天下無敵と自負していた彼の強い鼻ッ柱に、物怯《ものお》じせずぶっつかった卯之助を、これは骨のある男、と見直したのだった。平素、控えめで温和なのに、いざとなるとシンの強い風格は買う値打がある、と打って変ったあしらいであった。社長はこういう浪花節的な惚れ込みようをする男だった。卯之助はそれでも辞めます、といい張ったが、「きみが辞めてルンペンして、それできみはええやろが家族をどないするつもりや」とからめ手から緊めつけられ、アッと卯之助は足をすくわれた。

苦しみながらも幼い異母弟妹や継母を捨てられない卯之助の誠実は、わたしには悲しくせつなかった。が、やはりわたしは彼の、そんなところを愛していたのだとおもう。

「おれの裏ぎりを許してくれるかえ」というのに、わたしは答える言葉もなく、いいのだ、いいのだ、と彼の腕を叩くばかりだった。わたしの辞表のほうは、社長はサッサと受理していた。彼によれば、男をしこむのは年月がかかるが、女のかわりはいつも掃いて捨てるほどあるというのだった。

吹きッさらしの暗い橋の上で、卯之助のすりきれたボロオーバーに一緒に身を包み、わたしたちは淀屋橋で買ってきた五円の太鼓焼きを一つずつ食べた。めりけん粉臭かったが暖かくて甘かった。

「かんにんしてくれよなア。おれの傍杖《そばづえ》くらわせて——」

みおつくしの鐘が鳴りだし、卯之助の言葉をさえぎった。わたしは離職のことには卯之助ほど切実感がなかった。わたしは自分の生活より彼とのむすびつきに気をとられていた。争議事件がわたしと卯之助のあいまいな間がらにハッキリした色合いをつけた。そうなってみるとわたしたちはもう何年もつづいた長い仲のように急速にあゆみよった。なにかのはずみを待っていたみたいだった。ごく自然な熟しかただった。

わたしは橋の手すりにより掛かって、なんの関係もないことをふといった。

「ねえ。あたしが入社して、はじめてあたしと会うたとき、あたしのこと、どない思やはったの？」

「こわかった。ムッツリしてたもの」

卯之助は肩ごしにふり返って、

「きみはいな」といった。「ぼくどない思た？」

「うち、与《くみ》し易しとおもた。そやかて瀬田さん、話するとき、いつも目エ伏せたはったもン……」

ふたりとも笑った。わたしは彼を笑わせたことがひどく嬉しかった。彼はめったに笑わない男で、その上、いまはわたしに負債《おいめ》のような暗い感じをもっているから……。

わたしたちは向かい合わせの席だった。卯之助は市内廻りの手代株《てだいかぶ》で、店へ客がくると商売もした。「テンナラからイチマルひかしてもらいまひょ。大将に掛かったらかてンなア」

綺麗な金色に光る鍋を弾きながら彼は優しくおちつき払った微笑をたたえて駆け引きしているのだった。めったに怒らず、だれにも丁寧にものをいった。労働法規の本をよんで研究しているようだった。そのころに、わたしははじめて彼から、働くひとびとの権利や、中小企業に傭われた店員はどれほど不合理な労働がしわ寄せされているかを教えてもらった。わたしはそれまでは、社会のそんな仕くみにまったく無頓着で無知だった……。

梅田のネオンは滝のように流れていて目をみはらせた。

「わアッ、あれ、すごいわね」

巨大なキャラメルの広告塔が赤や緑の光の斑《まだら》をまきちらしながら、くるくる廻っていた。「ね、あれ……」わたしは卯之助の腕をひいて立ち止らせた。いまが倖せの頂上ではないかと、ふと不安だった。

2

母は腰や腿にペタペタとサロンパスを貼っていた。母の体はしなびてつやがなく、肉は落ち、乳房はまるで食べかすの、ひからびたみかんの袋なのだ。

「あかなんだかや……そうかや……」

母は背中へ貼るために手をのばして肩ごしに背中を見、妙な受け口をしながら、やさしくいった。わたしは今日も断られたのだ。

「ま、ええが……女の子やし、ちっと精出して習いごとしなさい。それァ不景気ないまはどうにもしようがないな、まだ二、三年はお母ちゃんも働ける」

働けるといったって、母の体はいまでもガタピシゆるんでいた。神経痛がおこり、すぐ肩が凝《こ》る。昔は痩せぎすながら、疲れを知らず頑健だったのに。母は骨の突き出しそうなこの痩せた体で、山坂の道を上り下りし、あえぎながら水道料を集金してまわるのだ。油照りの夏も犬に咬みつかれ、どなられたりしながら、冬はまた六甲おろしの、容赦ない北風に吹き巻かれて、西宮の山地をめぐる。水道ヤのオバハンと呼ばれ、お仕着せの黒っぽい上衣を着せられた背を丸め、おむつ入れのように不恰好な黒鞄を重げに腕にかけ、木綿の靴下をはいて、考え沈みながら歩いている母の姿を、わたしは思いえがく。鶏の足のように細いスネで、たよたよと一日に何里もあるくのだ。家が戦災にあう前、夫に死なれる前までは「ご寮人さん」で呼ばれた母が。おちぶれた、おちぶれたと嘆きながらしかし、母には卑屈さがない。懐炉をいれる別珍の袋を楽しげに刺繍をし、背中へ負って、凍る霜のみちを毎朝はやく出かけていくのであった。母は運命に無抵抗でいながら柔軟で折れなかった。

「火の用心ようして、炭もうんといこして、ぬくうしていなさいよ。寒いから」と母は、おそく起きだして髪を梳《す》いているわたしに、出がけにいうのだ。そして電車におくれる、と危なかしく走ってゆく。母にいつ、楽をさせてやれるだろうか。母の命がそれまでにすりきれてしまいはせぬかと、わたしはまがまがしい妄想におびえ、自分のふがいなさがくやしかった。

が、そのくせ、わたしは自責と愛を感ずれば感ずるほど、母にはじゃけんに、つんつんしてふるまっていた。母もわたしもみじめすぎるのに腹が立ってならなかった。だれに向かってこの憤懣をぶちまければいいのだ、とわたしはふきげんに絵ばかり描いてくらした。職業安定所も頼りなく、新聞の求人欄を虫メガネで拾ってあるくのもものうい。いら立っているので縫物の修行もできなかった。ふてくされた恰好で、わたしは食卓兼用の机に向かい水彩絵具のチューブを押していた。少女のころ、一度は画で身を立てたいと思ったこともあった。それもほんの空想だったが絵を描いているあいだ、わたしは救われた。

　母が洟水《はなみず》をすすりながら、かじかんだ掌に冷い銅貨を覚束なくかぞえているだろう冬の日を、わたしはやけのようにぬくぬくと、好きな画を描いている。自責に胸はいたみながら、それでも少しずつ、画に引き入られてゆき、画は阿片のように現実のにがさを忘れさせてくれるのだ。わたしはラヴェルのピアノ曲の好ましさを、あの妖しい和音の世界を画にしたような透明な淡彩画をかいてみたいと、久しぶりの快い昂奮で弾んだ。緑青色の川の水。寒い雲。建物のドオムに鈍く日があたり、赤煉瓦が画面のすみに少しみえるような。

　が母はある日その画をみつけていら立った。「そんなひまつぶし止めなさい。一文の金にもならんのに……あんたに洋裁でも習わせようと思って辞めさしたンよ。それでなかったら働いてくれたらええのに。母ちゃんの体のえらいのも、ちょっとは考えとくれ。もうこんな年齢して働いてんのやで。いまだにやめられんのやで」

画は八分通りでき上がっていた。全体の画調《トーン》は甘いほうで、水は柔い銅版の感じをうまく捉えていた。快心の作というべきだった——がわたしは眼を涙で丸くふくれあがらせながら、破ってしまった。わたしはよろけた。

わたしがいつも身を責めていることだけに、母の口からそれをいわれると切なくて、はけばのない怒りと、くぐもった悲しみは母に向かって爆発するのだ。

「足が悪いンだから仕方ないわ。わたしなんか傭ってくれるひと、ないンだもん」

母はみるみるしぼんでベソをかく。わたしはそれを母にあてこするようにいって苛めるのだった。わたしはいつもこうなのだ。むしゃくしゃしてくると、わたしは毎度、母をいじめるのだ。しわだらけの顔、オムスビのような三角の、つき出た頬骨、キョトンとして悲しみに溢れた眼、出ッ歯の哀れな母を。長い辛労にクシャクシャにやつれはてた、ひと固まりのボロくずのような母を。

「みんな、脚をみてふふんというンですよ」

「母ちゃんもバカねえ。なんでわたしの足を、子供のときになおしといてくれなかったン？ 生れつきの脱臼《だっきゅう》ぐらい、ギブスで簡単になおるのになア」

わたしは決して恨めしそうにこれをいわない。冷静におだやかに嘆息するのだ。それだけに、陰性な湿った絶望と怒りで、語調のはしばしをいやみに隈どりながら。

「ほんまやなア。かんにんなア。母ちゃんがわるかったなアや」

母は、わたしがいくどいっても必ずそう答えるのだ。自責と悲しみにうちひしがれて。わたしがいうたびに必ずそうなのだ。いつもしみじみした情感にぬれて。ただの一度だって、またか、というようすをみせなかった。

母はいつもわたしに押されるままだった。押せば母はもろく倒れて受けた。その受け身の姿勢にたまらない悲しみがあった。

「母ちゃん。今日のラジオいってたよ。小児麻痺の子オなおったンやて。十一の子。そんな年でも手術したら、あんじょう癒《なお》ったって。先天性脱臼なんて一ばんかんたんやいうてはったわ」

いまになっては、もうとり返しのつかないべつな人生へのあこがれで、わたしは甲斐もない夢をみる。卯之助のいる人生の圏内で、わたしは生きていられたかもしれないのだ。その悲しみでわたしは卑怯だとわかりながら母を責める。母は無抵抗に「そうかや……」と詫びるように呟くのだ。

大家族の世帯で、財布の紐はじゃけんな姑がにぎっていた。気弱い部屋住みの父と、〝田舎者の嫁〟の母は、封建的な大阪の商家の中でひっそくし、圧迫され、発言権もなく、自由に使える金もなく、「いまのうちやったらなんとか癒る、とお医者さんはいうてはりますのやけど……」大きな耳がくしに、白い貝ピンを光らせた若い母は、歩きつきのおかしな女児を抱いて、おろおろと祖父母に訴えていた。「なんでまた、そんな子オ出来たもンや……医者なんか金かかってしようない、どこぞ、揉みやで揉ましたらどないや」

ニベもない祖父はしかし、酒と美食に、祖母は叔母たちの着物に金を使うのを惜しまない人たちだった。母はわたしをつれて、オマジナイや柔道骨つぎに夢中で通った。二、三年またたくうちに過ぎた。母も無智なら、周囲も無責任だった。

「これやったら、大きイなったら、わかれへんようになりまっしゃろ」

人々はわたしをくりかえし歩かせながら、無遠慮にじろじろみていた。自分に無関係だとみきわめるひとの、あの気がるい揶揄《やゆ》気分で。

「娘になったら、シナつくるで、かえってこれぐらいのほうが、よろしおま」

わたしはごく幼いときから侮辱に敏感な、ふるえる魂をかたく抱いて大きくなったのだ。小学校へ通うようになっても、足はよくなるどころか、ますますひどくなる。十一、二のころだった。黄色いキハダの粉の、ツンと鼻をつくにおい、あれをベタベタぬりつけた左の股を、まるで義肢のようにキッチリ繃帯でゆわえつけ、わたしは傷ついた家畜のようにオドオドした、そのくせ、傲然たる眼をしてマッサージへかよった。そのころのわたしは人々の視線を、おのれの視線で防ごうとしていたのだと思う。わたしは年齢にふさわしからぬ鋭さで、ハッタと通りすがりの人々の眼をねめつけていくのだ。たち止まってふりかえる人々には、憤怒で身をふるわせるのだ。傲慢《ごうまん》と卑屈は体臭のようにわたしのからだにしみつき、わたしは自分のよりどころを求めるためにやみくもに勉強した。わたしはなにか、みずから恃《たの》むところをもっていないと不安だったのだ。「百点、坂野かや子さん一人……」先生の声に、わたしはニヤリと蒼白な微笑を頬にきざみ、いびつなその優越によりかかっていた。

「母ちゃんを恨まんといてや、なア。一生けんめい、できるだけのことはしてみたンやから――」

キハダを、ふち欠け茶碗でねばねばと練りながら、母は歎くように、詫びるように、わたしに訴えるのであった。できるだけのことをしたって、なにをしたというのだ。赤ン坊のころにギブスにはめればテもないことを、その後十何年も、やれマジナイだ、やれマッサージだと姑息な手段を弄《ろう》して気をまぎらせている手際の拙《つたな》さを、わたしは年齢にしては早熟すぎる心のふるえのままに、ふふんと鼻で嗤《わら》うのだ。が、母のそのことばは、悲しく美しいふし廻しにみちていた。後年、いつもわたしの耳の奥で鳴るのはそのふし廻しだ。(母ちゃんを恨まんといてやなア……)

ああ、もういいンだ、母ちゃん、もういいのだ、とわたしは耳を押えてジワジワと湧きあがる涙に首を垂れる。子供たちに、オイチニ、オイチニとはやされるとき、物のあわれを知らぬような若者たちに、オ可哀イソウナネエチャンと、どっと嗤われるとき、わたしの耳の奥ではいつもこのふしが、りんりんと調子たかく高らかに冴えわたるのだ。

が、卯之助を知ってわたしは強くなった。彼はむきあう人間を卑下させない、気弱くさせない、ごくつきあい良い男だった——わたしは彼を愛するにつれ、明るく強くなった。それが愛のまったき姿なのだろうか。考えてみると卯之助の愛のことばの記憶はない。がその感じは何となく柔らかくわたしの心に沈んでいるのであった。

それは越冬資金要求の決議文を、社長につきつけた夜だった。人使いが荒いのもさりながら、金を出すほうに渋いのも無類の社長が、暮れのボーナスは不景気だから出せぬと申し渡したのに対して、くすぶっていた社員の不満が爆発し、卯之助がその交渉係りにえらばれたのだ。会社とは名ばかりの個人商店だから社長の独裁であり、社員は三四十人の若者で労働組合ももちろんなく、その交渉もごく原始的なものだった。が、社長は驚愕《きようがく》していた。この全き支配と旧い商家の旦那とお店ものの情誼《じようぎ》や主従関係を信じてうたがわぬ男、商売しか念頭にない彼は、結束して賃金の要求をするという革命には口も利けぬふうだった。いつまでも信じられぬ顔でいたが、そのうち表情はしだいに険悪となり、手をこすり合わせ、せかせかと部屋をいったり来たりしながら、卯之助の言い分をきいていた。

「ぼくらがいいたいのは、たんに越冬資金の問題だけやおまへん。もっと根本的なもンだス。おやっさんが、ぼくら使用人にたいして昔ながらの封建的な主従関係を意識してはるからだス」

「わしのどこが封建的やねン」

社長は色をなして卯之助の前に立ちはだかった。がっしりした長身の彼に対して、痩せて丈の低い小男の卯之助は見上げる恰好だ。

「ぼくら、毎晩八時まで働いて、一銭も居残りつけしまへん。家へかえったら九時だス。これやったら、若いもンの楽しみ、ちゅうもんあれしまへンが。もっとプライベートなことに使う時間や精力も欲しおま」

わたしは卯之助の強い口調にドキドキした。こんなにきっぱりした彼をみたことがなかった。彼は大きな声を出したこともないほど、ふだんはおとなしい男なのに。卯之助は気が良いので、いやといえず朋輩から押しつけられたのだろう。実際、この店の商人の卵たちは社長の薫陶よろしく、自分に不利な役目を回避するのに抜かりはなかった。しかしいま、卯之助は、その役を誠実にりっぱに果たしている。わたしはうれしかった。誇らしい気持で彼の顔から視線をそらすことはできなかった。彼はとくに意気ごむでもなく、まじめに熱意をこめていっていた。

「経営者のおやッさんは家へ寝にかえりはるだけでよろしやろけど、ぼくら、やっぱりラジオもきいたり映画もみたりして、人なみな暮らし、しとォます。よそなみにとはいいまへン。しかしもっと近代的な――勤めは勤め家は家、いう働きかたにしとオます」

「そらアちがう。考えかたが根本的にちがう」

社長は片手で卓を烈しく叩き、ポンポンと濶達《かったつ》自在な大阪弁をつるべ打ちに浴びせかけた。

「わしはな、君らチンピラを、一人前のええ商売人、パンとしたやり手の男一匹にしようと思《おも》て鍛《きた》えてま。わしはみんなの親代りのつもりで親身に面倒みてる。働かしてる一面、商いの道を教えたってるつもりや。きみら、それで一生メシ食うて嬶《かか》や子供養うていかんならんのンやで。どない思てンのやしらんが身すぎのコツをのみこましてもらうのに早《は》よ帰りたいわ、給料少いわ、とちゃらんぽらんな寝言はやめなはれ」

「かね政」の通ったあとは草も生えぬとうたわれた名だたる腕っこきである。ぐんぐんまくしたてる能弁とカサにかかった高飛車な気魄に若者たちは完全に圧倒され、しんとして声もなかった。社長が激昂したときのくせで唇をへの字にして一座をねめ廻すと、みんなの眼はいくじなく伏せられた。社長は決議文を叩き、怒りにかすれた声でどなった。

「誰だス？　こんなもン、書きつけたんは。思うにこら一、二の煽動分子のしわざやと思う。首謀者はだれや？」

「おやっさん、ちょっと待っとくンなはれ」

卯之助は落ちつきはらっていた。彼はもうふぬけな同志を頼りにせず、ひとりで闘ってやろうと身がまえているのが、だれの目にもよめた。

「そう怒られたら話も出来しまへンが。ぼくら、大会社と同じな労基法をそのまま適用してくれなんて野暮はいいまへん。うちはスケールが小さいから、みんな心を合わせて一生けんめい働かんなりまへんが、しかしなんぼ何でも最低生活の保証はしてもらわな、働き甲斐もおまへんが——」

卯之助はそろばんを一振り振って、はじきだした。「ぼくら、平均月一万円、女の子で七千円だス。みな五年以上働いてまンが。ぼくらチョンガやけどおくさんのあるやつもいる。どないして食べていきます？」

「アカや。こら全然、アカや！」

と社長は昂奮して叫んだ。

「首謀者はきみやな。みんなを煽動してこの文書、書かしてンやろ」

「いや、自由意志だス！」と卯之助は反駁《はんばく》した。「ほんまか？　君もこれに加担したンか？」

社長は手近の青年をつかまえ、烈しく文書を叩いた。青年はあいまいに、にやにや笑いして頭をかき、

「弱ったなア……へへへ。いや、そらア知らん、とはいえしまへんがネ」

そこはお手のもの滑脱な調子で巧みに身をかわし、捉えどころがなかった。叩きこまれた商売人の如才なさをいかんなく発揮して。次々に同じような調子で腰くだけに崩れていった。卯之助は蒼白になった。社長は勝ち誇って卯之助をふりかえった。

「どや？　ほれみい！」

「無茶ァいなはンな。無茶ァ。そらアおやっさんの精神的暴力いうもんだス」

と進みよった彼の態度に、ただならぬものを感じたのか、若者たちはバラバラと立ち上がって、ぐうたらな留め男にはいった。

「まアまア卯之やん。おやっさんも、あないいうてはんのやし――」

「ここはええかげんに、その、ナニして」

「これ以上もつれたら、引ッ込みつかんで」

「放せ！」

と卯之助は鋭く仲間にいった。彼はまだ孤軍奮闘していた。

「ねエ、おやっさん、商売やいうたかて、昔の丁稚みたいに、使えるだけこき使わな、損やと思うのはきたのうまッせ。十二時間労働や、月給は安いわ、販売成績のケツ叩かれるわ、でみんなアゴ出してンの、判りはれしめヘンのか？」

わたしはもう、がまんできなかった。卯之助を孤立させたくない思いで夢中になり、ひどい動悸の音をからだじゅうに感じながら、たち上がって言った。

「社長さん。あたしたちの自由意志であの決議文をきめたのです。瀬田さんはみんなに推されて代表になったんです。瀬田さんが首謀者なら、みんなが首謀者です」

「きみがそれでは、まっさきに瀬田の卯之やんに附和雷同したわけやナ」

と社長は女の子に向うときの癖で、妙に愛想よく、不気味な優しさでいった。

「それでは、わしと考えが合わんから、辞めてもらわんならん。わしはアカとバナナは大きらいやさかい」

――が、わたしと社長の応酬は若者たちをへんなふうに活気づけた。彼らは一せいにガヤガヤさわぎ出し、叫んだ。

「もう、おやっさん、よろしいやンか。あっさり水に流してもろて賑やかにいきまひよ。一応、アレは撤回しまっさ」

「よっしゃ。そんなら、話はつく。わしとみんなの間がらや。こないして話したら、ようわかるねん」と社長も老獪《ろうかい》に手を打った。

「ぼくは困る」

卯之助は叩きつけるようにいった。

「ぼくは陰でコソコソ不平いうてダラダラ働きするのは大きらいだス。おやっさんが古くさい考えかた捨てはらん限り、店は発展せえしまへんで」

「わしのやりかたが不服なら、どもしよないなア。やめてもらわな、しょうないなア」

社長は尊大にうそぶいた。卯之助の小さい眼は澄んだ。もう売り言葉に買い言葉だった。

「やめさしてもらいます――」

そんなアホな……と駈けよる同僚の手をふりきって、卯之助は吹き降りの戸外へ飛び出してしまったのだ。

「なんちゅう奴ちゃ、ほっとけ。冷い風に当ったら考え直しよるやろ。若いもんのこっちゃさかい、カッとなったら、アホ吐《ぬ》かす」

社長は動じないでこすく笑っていた。二三人の若者がおべっかを使って笑った。だれひとり彼を追うものもない。気がつくとわたしは外套とフードをさらっていた。ドアの把手でわたしはどッとせきあげる熱いものに咽喉をつまらせながら叫んでいた。

「みんな、卑怯やわ！　瀬田さんの気持、考えたげて！」

いまのままで卯之助を去らせたくなかった。誰もが卯之助にそむき去ったがそのままの淋しさを味わわせたくない。そのときわたしの頭は火のように灼けてそんな思いがぐるぐる回転していただけだった。

長堀《ながほり》橋の店から川沿いに、横堀で彼においついた。激しい風を伴った氷雨にも彼は気づかぬふうだった。型のくずれたオーバーはどっぽり雨を吸って重げだが、彼はぐんぐんと大股で、暗いぬかるみの道を歩いていた。わたしは彼に追いすがるなり、ぐっしょり濡れた赤いフードを彼の胸にうちつけて、オウ！　オウ！　と子供のように号泣した。

「みんな恥しらずよ……でも、あたしはうそをつけへんかったでしょう……。ほんまのこと、いうたわ」

「うん。判った、わかったよ。坂野さん」

横なぐりの雨がわたしたちを包んだ。卯之助は意外なわたしの激情にとまどいながらも、さそわれて涙ぐんだ。足もとの暗い川にはごうごうと水が流れていた。

「これからどうする？　瀬田さん」

「どうするッて……辞めるよ。あんなトコ。うそと妥協とエゴで固まったようなところ、辞めても惜しくない。あたらしい就職口を捜すンや」

「あたしもついてゆく」

「きみがなんで？」

卯之助は喘《あえ》いでわたしをみた。その顔にも滝しぶきのような雨あしだった。蒼ざめ、よろめきながら、それでもつめたくいった。

「きみまで巻きこまれることはないよ。ぼくの不徳のいたすところや」

「あたし……瀬田さんのいない店なんて考えられへん。あたしも辞めます」

卯之助はぎょッと息をのんだ。彼はとっさに、いまきいてはならぬのだ、というようにわたしの口をふさいだ。

「いうたらあかん！　坂野さん！」

「あたし……いうわ、いうわ。瀬田さん好き、大好き。まっすぐで自分の考え曲げない、瀬田さん大好きやわ！」

「ばか！　後悔するぞ！」

卯之助は乱暴にわたしの肩をゆすぶった。

「それをいうたらいかん、いうてンのに——きみは混乱してるンや。あとで後悔しますよ。きっとぼくを憎むようになる——」

「いうわ、いうわ」

わたしは烈しく泣きじゃくりながら、涙にせきあげて卯之助の胸に顔をおしふせた。心が洗い流されるようなさわやかさがあった。卯之助は最初の混乱からはやくも立直ってすこしずつ冷静になってきている。彼はあたりを見廻し、人目のないのをたしかめると、わたしを抱きかかえるようにして歩き出した。

「ばかなひとやなア。……あとでぼくが憎うてたまらンようになるというてるのがわからンのか？　アホウ！　きみのことばをぼくが聞いたということだけでね。人間てそんなもんやで……オレもいまの気持は平常やないからね。きみの言葉で動揺してしまう……いうべきでない言葉というものは、やはりあるもンや。ぼくは何もきかなんだことにするから、きみも忘れろよ。な」

もう、明るい灯に雨脚の白く浮きあがる心斎橋筋《しんさいばしすじ》だった。わたしと彼は団子になってもつれながら、歩いていった。わたしは寒さと昂奮で、ガタガタふるえながら、まだ烈しく泣いていたのだと思う。

「止せよ、泣くのは。……弱ったなア」

卯之助は軒灯の赤い歯医者の軒下へわたしを引きよせて、湿ったハンケチをズボンのポケットから引っぱり出した。そして髪の毛のはりついたわたしの額のしずくをおずおずと拭いてくれるのだ。

「風邪ひくぜ……地下鉄の入りぐちまで走れるかエ？　……手エ引いてあげるよ、な？」

あの夜、卯之助がわたしの激情に足もとをすくわれなかったのは男の強さであろうか。それとも、わたしの心を迎える用意もないままに、わたしにおもねるまいとして、身を高く持しつづけたのだろうか。わたしはやはり彼のあのことばは彼の愛情がいわせたのだとおもいたかった。彼の優しい思いやりと、いたわりがこもっていたことばにならぬ愛をたしかめたと思うと、わたしはもうこれからの長い生涯、どんな運命にもたえられると気強かった。が、その愛の歓びも彼の前に出ると、あとかたもなく不安げに消えてしまった。彼の静かな瞳のいろにわたしは及びがたく高い清冽《せいれつ》さを感じて絶望した。そしてあとへ残るものは全身、火を噴くような羞恥と悔いだった。

その翌日、卯之助はわたしのそばへ来、押し殺した低い声でいった。

「きみも辞表だしたンか？」

わたしがうなずくと、彼はしばらくわたしをみつめていたが、やがて、

「アホやな」

とわたしの肩を優しく叩いた。わたしは震えた。彼の口調に、わたしは許容と親しみをかぎつけていた。けれどもそれは、わたしの愛の告白にむかってくれる性質のものではなかった。彼は怜悧《れいり》な男なのだ、結局、とわたしは思った。激情のあとの悔いをおもいやって、むしろそれを巧みに避ける、あの歯の立たぬほどの怜悧さ。わたしは彼が、いまは憎かった。愛したり憎んだりすることに、わたしはもう疲れてきた。辞めてしまえば彼とわかれる。それだけが恃《たの》みだった。彼はわたしに事務的な話をした。きびしく、よりつきにくい男にみえた。わたしの手落ちをなじり、文句をいった。彼の腕に抱かれたことがあったとは信じられなかった――それに争議以来、わたしたちはほかの友だちと孤立して白い目でみられていた。このうえ、仲間同志で、卯之助と別れ別れになっていては、たすからない気がした。わたしは憂うつで生きてるのがやっとだった。社長の風当りも強くて、店の中ではどこへ身を置けばいいのか、わからぬほどだった。二三日気味のわるい日がすぎたある日、卯之助は二階の応接室

へ社長に呼ばれ、ながいあいだ降りてこなかった。その夜、廊下で彼はわたしをひきとめた。

「話があるンやけど――淀屋橋《よどやばし》から歩こうよ」

あたりに人影はなかった。彼の口からこんな優しい調子がきかれるのが信じられなくてわたしはつめたい壁にもたれた。卯之助は気恥ずかしそうにわたしをみている。

――ふうっと気が遠くなるようで、窓のちいさな白い月に目をそらせた。


彼が社長の懐柔やら、同僚の斡旋やら、継母の嘆願に負けて辞めないときめたのを、わたしは彼のいうように裏切りとはとれなかった。わたしに変節者と思われまいかと苦しんでいる卯之助は、わたしにはいとしかった。わたしはあの愛の最初の可憐な謙虚《へりくだり》に身をしばられていた。わたしごとき、とるにたらぬものの心を、いろいろ思いわずらう卯之助の、その気持だけで、わたしはたやすく報われた。卯之助が辛がるのは、社長がわたしだけを許さないことにもあった。わたしもだいぶ長く勤めるので男子なみの給料に引き上げねば恰好がつかなくなっているから、女の子は順ぐりに新しいのを取り換え、安く使わねば損だという社長に、わたしの発言はいい機会を提供してしまったのだ。

が、わたしは傲慢ではなかった。幸福にたいしては、ごく弱気だった。卯之助の愛をつかみ、その上、これから毎日、彼と会えるなどとは身のほど知らぬのも甚だしかった。死とでさえ、卯之助の愛なら、わたしはひき換えもしようものを。職ぐらい奪われるのを、わたしはくやむものではない。けっして。

大江橋でわたしたちはみおつくしの鐘をきき、梅田でわかれた。わたしたちはそれぞれ飾り窓をみてあるいた。おたがいに贈りものがしたかったがどちらも負けず無一文だった。

「さよなら」

阪神の改札でわたしは冗談のように手をさしだした。卯之助はとまどった。だがサッと清潔な手で握ってくれた。暖かくてごつい手だ。わたしはすぐにていねいに手袋をはめた。右手だけ、べつな生きもののようだ。高価なふれ合いだった。最初で最後だった。

母がこんどはわたしの足をトントンと叩いてくれる番であった。

「アホな子やの」と母は力を入れていう。

「電車賃ぐらい、あげるのに……」

3

わたしはこのところ、近所の婦人会の内職斡旋所から廻ってきた人形マスクの内職をしていた。絵心のあるひとに、ひとつ変った趣向を、という注文で、ケバケバしいレースに縁どられた壁掛人形の顔を、思いきって吊り上がった眼、大きな唇にしてみたら、問屋へきた人形研究会のマロニエ工房の竹山さんというかたもほめていましたと評判がよく、追いかけて注文を貰った。甲子園のわたしの家から、出屋敷の問屋まで歩いていったというのも内職の金高の零細さを思うと、高い電車賃が惜しかったからだ。が、夜になると左足の股関節《こかんせつ》の痛みは、わたしの顔色を窺うように、とぎれたりひどくなったりしながらあいまいにつづいた。そのうち痛みはしだいに優しく間遠になった。とまた、ギリギリぶり返す。わたしの左足ときたら、てひどい暴君だ。彼はすこし長い道を歩かせるとすぐむくれるのだ。重い荷物をもったり寒かったりするときも同様だ。しっぺ返しのように、すぐ痛みはじめる。その痛みかたはまるで袋に砂利を入れて叩きつぶすように骨をくだく感じで、わたしは冷汗をかくのだった。暖めていると機嫌がよかった。しかしこの気難しい左足は右足よりずっとわたしに可愛がられていた。右足よりずっと短く、華奢なおもむきで可愛らしい。それに比べ右足は沈うつな、まじめなようすをみせていた。わがままな伴侶を黙々とたえているかのように。二本分の足の働きをするから骨も肉もがっしりしているのだった。美しさには縁遠く、ひどく実益的なものだった。それでこちらのほうの足は、わたしにはふびんがられているといってもよかった。わたしの心はすこし傾くとすぐこの不幸な左足と、哀れな右足にむかってだらしなく涙を垂れるのだ。

「ちっとは楽かや……」

と母は余念もなく、わたしの腰から腿をタオル地の寝巻きの上から撫でたり叩いたりしてくれながらいう。

「かやちゃんは、南洋へいったらええな。年中、ぬくうて足が痛まんでええやろう。いつまでも一生、お母ちゃんが足をさすってあげられたらええけどな。そんなわけにもいかんで」

こんなわたしを生んだ母が、わたしは気の毒で、すまない、と素直な心に折れるのだった。母のためだけでもわたしはシャンと長さのおんなじな足でまっすぐ立って歩きたかった。母のはればれと重荷をおろした笑顔をみたいだけで。わたしのことを思うと、死ぬにも死ねないという母の愛情は、いまはわたしには辛かった。

「だんだん、歩かれへんようになった！」

わたしは幼児のように母に告げるのだ。

「一年ずつ、わるうなるわ。足を使えへんせいかしらん。どうしょう」

「困ったことやな」母はため息をついて、撫でる手に力を入れた。

「勤めも難かしゅうなってきたら、かやちゃんや。これから長い一生、どうして生きていくや？……」

——わたしは母の胸に顔を埋め、思いッきり、うウウと泣きたかった。泣けるものなら——が、どうして生きていこう？という不安と危惧が雲のように胸にひろがって、わたしはこのまま人生の怒濤《どとう》に足をすくわれるのではあるまいかと思うと、泣くどころではないのだ。わたしの将来を、むかし母は手広く商売していた家の背景のうちで考え、親類の口うるさい伯母たちが、洋裁師なり美容師なり手職をつけてやれというのに対して、特殊な体だからと職業もそれにふさわしくきめるのはよくない、好きなふうにさせてやるのだといい通してしまった。取得《とりえ》もなく、身すぎの道も知らず、ふつうのお嬢さんなみに育ったわたしは、家も父も失ったいま、職がなければ野垂れ死にだ。しかもわたしたちはどうにでも生きなければならないのだ。これというメドもないが。

「結婚するかや？　……」

母はやさしくいう。わたしの髪を弄《もてあそ》びながら。

「結婚なんて！」

わたしは枕にしがみついて顔をかくした。

「ばかな母ちゃん。あたしなンか、貰う物好きもあれへんわ」

わたしは卯之助のことを思った。彼のことをなにひとつ、母にうちあけていなかった。考えてみると、わたしは母のために卯之助を得たような気がする。安んじてわたしを托せる男が現われるまでは、死ぬにも死ねないと思っている母に、うちあける日の楽しさを思ってだまってきたのだ。が、いま、わたしは母にその失われた恋を話してみたかった。母に慰められ、母にも泣いてほしかった。だが過ぎたものをよび返せるだろうか。卯之助と私の線が交叉することがなかったのは、いかなる神の摂理によるものだろう。

卯之助の家は伝法線と阪神本線の交わる大物《だいもつ》駅のちかくにあった。石炭ガラの埋立地でくさいドブ川がよどみ空は紡績会社の煙突の煙で昼もくらい。土地が低く、水たまりだらけで長屋の壁は湿気で崩れ、柱はカビでくさっていた。そして子供、泥だらけの小芋のような子供が卯之助の家の傾いた軒下へ吸われたり、吐き出されたりわめいたり泣いたり、ぶち合ったり、わたしと卯之助のあいだへ割りこんで鬼ごっこをしたりしていた。奥の間で臥せったきりの継母はなぜかわたしに敵意をもっていた。わたしは怖かった。訪《おとな》うと起き出してきてつめたく見据えながら、

「卯之よ！　お人やで」

とトゲトゲしい視線をこちらにつけたまま彼を呼んだ。彼は身の廻りの世話もほとんど自分でしていて、みかねたわたしが、彼のせんたくを引きうけてくると、継母はどなり散らしてわたしに当った。わたしは彼女の冷い目にひるんでいた。理由のない憎しみや敵意には身を低くする場もない。彼につながるひとにはよく思われたかったから、それは悲しいことだった。

夏もすぎようとするある日、訪うと彼はいずに母が、幽鬼のようなざんばら髪で真黒なたたみをいざり寄って、話しかけた。

「おかげで卯之はな、いうときますがな、社長さんが見込んで、親類の娘の婿にくれいいはりました。五体満足のええしの娘はんがだっせ」

わたしは気弱かったからどんな人間の悪意にも堪えられなかった。二度と卯之助を尋ねまいと決心しながら、彼の母のことばに心が波だっていた。ありそうなことだった。わたしと彼のあいだはそれでなくてもこのごろ、不安定なものにうつりかけていた。別れて半年だった――月に二、三度の逢瀬のたびに卯之助は変っていった。社長は考えなおしたのか、社員たちにたいしてぐんぐん地位や給料をひきあげ、待遇を改め、とくに卯之助を重用してきたようで、もとから落ちつきはらった男だった卯之助はいっそう重厚な感じを添え、年齢に似合わぬ老成がみえた。共通の話題もなくて、たがいに時をもてあまし、会えば早く別れたがり、しばらくでもあわぬとまた、不安でたまらなかった。卯之助がわたしの手許から離れていくのは、彼がしだいに給料の上るにつれ、小遣いもじゅんたくになっていることでも感じた。もう彼は労働法規書に青くさい熱情を吐いている若ものではなかった。仕事に脂ののりかかった若手の商い人だった。社長はごくうまく彼を操っているらしかった。

わたしは彼にあいたいといってやった。彼はすぐきてくれた。ようやく暮れなずむ神崎川の堤防で、水面は鱗のように美しく光っていた。工場街のうえに金色の夕映が微光を放って震えている。凪は潮の匂いがした。あたりはへんに静かだった。わたしはもういつかの夜のような、へだてない態度がとれなくなっていた。卯之助もそうだった。わたしは胸もつまるほど彼を愛しながら彼に物怯《お》じしていた。その垣をつくるのは卯之助だと思って彼が怨めしかった。わたしには親切なくせに、頽《くず》れない姿勢がどこかあった。わたしは結婚しはるのですかときいた。

「話はあるけどね……食えもせんのに、いまはとても……」

卯之助は笑いながら煙草の火をつけるために立ち止った。わたしはことばの何倍かもの思いを胸にたたんで、うつくつしていた。それに気づかないほど愚鈍な男とは卯之助は思えなかった。知りながらそれに触れない端正さは、わたしを愛していないためかもしれない。でも愛していないなら、こうして会ってくれるはずはない。忙しい彼が。彼のちょっとしたしぐさ、ことば、瞳の色で、彼の想いをさぐろうと、わたしは貪欲にかぎまわった。いつまでも黙っているわたしに、彼はついにいった。

「なンか、用やったの？」

用がなければ会えないのか、と拗《す》ねて、

「あいたかったんですもの……それだけ」

ぱぁッとあたりに黄金《きん》の粉がみじんに散ったようで、わたしはまばゆく目を伏せた。するとたんに、そんなはしたない言葉を口にしたわたしは、人なみでないのだと気づき、もう消え入りそうな羞恥があった。卯之助をうたがいだしたのは、そのことばかり考えていたせいだと気がついた。わたしはだんだん卯之助におくれていった。もう暗かった。

「坂野さん……」

卯之助の愛に甘え、人なみな娘と同じように思いならしてきたのは、やはりわたしの身のほどしらぬ不遜であったのかと、悲しみと恥ずかしさで、彼の口調は暖かかったのに、わたしはうなだれ通しだった。

4

わたしはマロニエ工房の竹山さんにつれられて、大阪の南森町《みなみもりまち》の人形問屋をたずねた。うす暖かい二月の日ざしがよわよわしく店の中にさしこんで、土間の埃がパァッと舞いたっているのがみえる。市場とパチンコ店の間に挟まれた賑やかな場所で、やかましいジャズがあたりに耳を破りそうに流れていた。

「このひと、とてもセンスがあるンですぜ」

若い竹山さんはベレー帽なんかを斜めにかぶり、桃色のシャツに黒いリボンタイなんかを結んで、いかにも手工芸家らしく伊達だったが、気どらないらいらくさが、このひとにだけは、わたしの人見知りするへだてをとり去っていた。彼は固くなっているわたしを主人に紹介してくれた。わたしの描いた人形マスクに、竹山さんはひどく感心してむりやりにひっぱってきたのだ。

主人は四十五、六のインテリ風な、立派な美男子だった。わたしが竹山さんに試験的に描かされた四寸丸の泥絵の絵皿をじっと眺めていた。わたしは身もちぢまる思いで小さくなっていた。足のふみ場もなく、モール細工のハワイ輸出人形や安っぽい壁掛が積まれてある。抱き人形が何百となく積み上げられ、生《き》ボールの箱からはみ出した、赤や緑の人絹レースや色糸が、まるで店じゅう染め粉をぶっかけたように派手に散乱し、ひと足はやく春がきたような華やかさだった。上品な丈のたかいおくさんがコーヒーを運んできた。竹山さんは椅子にのけぞり返ってタタミの上のわたしたちに仲間入りをしていたが、

「おくさん。ケーキ、ケーキ」

とさいそくしている。

「おもしろいですな」

主人はやっといった。

「画は？　……お習いになったの？」

「いえ」

わたしはうす赤くなった。基礎的なデッサンもやらず気ままに描いているだけだ。

「おすきですか？」

「はい」

竹山さんはもどかしがって返事をひったくり、いろいろわたしについて喋ってくれた。

わたしはひざのすりきれたスカートをひっぱりながら、うつむいて、大げさなほめ言葉に苦笑していた。わたしは泥絵皿に芥子頭の童子をたくさん描いていたが、竹山さんも主人もこいつはいいといった。主人はそれをおくさんにもみせた。プックリ太った芥子頭の男の児が小脇に竿を抱え、両手でトンボの羽をひろげて悦に入っている表情が可愛いというのだった。それから、街路樹に花が咲き、日よけがひろげてある町角の風景もよかった。「わたしはね——こんなのを、売りたいンですよ」主人はやさしくわたしにいった。彼はパールの箱を竹山さんに投げてやり、ついでに自分も一本火をつけながら、ゆっくりいった。「心斎橋と難波《なんば》の間に、わたし、道楽にやってる趣味の店がありますがね。こんなの置いとくと面白いほど売れるな。客はね、楽しみのための買いものには目がたかいです。——あなたの絵なら売れます。いいセンスがあります。色があります——そして愛情が溢れてます。——この間、竹山くんがあなたのアップリケした子供エプロン見せてくれました。縞もようの蟹と水玉の猿に、ピンクのおむすびね。あれも売れますよ」

「ぼくがいった通りだろう」

竹山さんは自慢した。わたしは嬉しさで酔ったようだったが、わたしのチャチな才能を、このひとは過大視しているのではないかとそら恐ろしくもあった。

「坂野さん、ひとつね、自由に気らくに描いてみませんか。描かしてあげますよ。アップリケののれんや額入りの壁飾りもしてみてごらんなさい。委託で売ってもいいし、買取ってもよろしいが。デパートの陶器部にらくやきの店を出してるのですが、なんならそこを手伝ってもらってもいいな」

「ほんとうでしょうか」

幸福なんか、わたしの身に過ぎたものだと思ういつもの卑屈な貧乏性が消えて、わたしの身うちには、いま、身ぶるいするような力や意欲がみなぎってきた。それが嬉しかった。わたしはべつな童子の絵皿を手にとった。二人の童子が着物の前もはだけ、喧嘩のあとらしくひとりは泣いてる。愛情があふれている、という主人の言葉を思い出してこの画に愛情がなければ、わたしの画も取るにたらないのだ、と胸は熱かった。

わたしが最後に卯之助に会ったのは、彼が東京支店へ出張する夜で、わたしはシネスコをみたことがないというのを彼は知っていて、豪華なロードショウを奢《おご》ってくれた。真紅のビロードでふちどられた巨大なスクリーンも美しい椅子も、絢爛《けんらん》たる色彩の画面も、貧しいわたしを威圧するのに充分で、わたしはすっかりアガってしまって、周囲のいいみなりの人々にひけめを感じていた。

「おもしろい?」

卯之助が身じろぎすると、おぼえのある彼の体臭がわたしを包んだ。画面は中世の城が炎に巻かれて、燃えおちるところだった。崖にも火矢が射込まれて、樹々に煙が渦巻き、その間を銀色の甲冑を光らせた男たちが馬もろとも、すさまじくなだれ落ちていった。悲鳴があがり、画面はもうもうたる煙と火を背に、いっぱいにのけぞった武士の姿になった。胸を血しぶきにそめた、その主人公は若い綺麗な男だった。死相が、その栗いろの顔にでていた。蒼い眼は澄んでいた。タイトルがでた。

〈愛するために生れてきたのに……〉

血は彼のくちびるから滴り、ゆっくり美しい形のあごを伝った。

「こわいわ……」

わたしは卯之助に肩をよせた。画面のことばがゆくりなくせつなくて、わたしはもろかった。

「血はきらい……」

暗さがわたしを大胆にした。わたしは彼の肩に髪をつけた。目をつぶった。

「もう、済んだ……」

卯之助はそっといった。わたしが目をあげると、死んだ恋人のそばに白衣の佳人が胸をかきむしって歎いているところだった。長く波うった金髪は、男の血汐のうえに垂れていた。いやなものをみたと、わたしは青くなった。悲恋に終った若い恋人たちの相《すがた》が、暗示的で、わたしは不吉な予感をいつまでもにくんだ。外へ出ると、もうまっくらだった。

「うち、泣いてしもた」

大阪駅へ人波に押されながら、わたしたちはしあわせな恋人どうしのようにつつましく並んであるいた。

「どうして死んだのでしょう……若いのに。あんなに美しい心をもってたのに」

「死ななければ、恋人の誤解もとけないもの」

卯之助は散文的なことをいう。死は、あの映画の世界では離別ではなさそうであった。が、いまのわたしには卯之助と別れることは死よりも辛く思われた。

ざわめく明るい大阪駅の構内を出て、裏口の植込みにわたしたちは腰をおろした。もう時間もなかった。それだのに、わたしたちは黙りこくっている。卯之助の結婚話が具体化しているらしい話を、わたしはなんとなく耳にすることがあった。前の同僚たちに思いがけぬところで会って、ふっときいたりする。わたしは、それなら早く彼と別れなければならぬと気がせいた。彼の足手まといになってはいけないと思う。彼のとろうとする道にすこしでもわたしの影が射してはならないのだ。

わたしはひややかな態度をみせていた。佯《いつ》わりになれたわたしの心は、こんなとき巧みな演技にかけては悲しい練達ぶりをみせるのだ。愛されたいと激しく希みながら、倨傲《きょごう》な羞恥心と、臆病な気弱い自尊心にさえぎられ、人なみでないひけめをきびしく鎧《よろ》って、彼から去るのだ。会えばよそよそしくすぐ別れ、そしてふりかえり、人ごみにまぎれる彼のうしろ姿を切なく捜しているのだった。

しだいに彼も、わたしと会うのがお義理のようになってきた。しかし依然として彼は慎しみぶかくて鄭重だった。わたしは二人のあいだを渡すものはあの雨夜のような奇蹟が降ってわかぬかぎり、ないのだということを知っていた。彼のほうでもまた、あの夜のわたしの激情が信じられなくなっていたにちがいない。彼はわたしを警戒し、はばかっていた。店の仕事の話なども、以前はよくしたが、だんだんしなくなった。彼はわたしに対する背信の意識が厄介になりだしているらしかった。彼は愚鈍な男ではなかったから、彼の変貌をわたしが軽蔑しはしまいかと、たえず身がまえていた。わたしは彼をゆるしきっているのに、彼じしんは生活のために節操をまげたかのような劣等意識に痛めつけられていた。質朴にみえるが本心は神経質な彼は、それをわたしが触れはせぬかとピリピリしていた。わたしはまた、わたしじしんのひけ目をもって彼を疑っている。愛しながらおたがいに暗闇の中を手探りするように、相手の心をはかりつつ、一歩も自分からふみ出さない。どちらにも罪はあったが、それ以上に、人間の真実というものは虹に似ていた。

——虹である人生の真実の生命は一瞬のものだとは、いったい、だれが知り得よう？　人間が真実を抱いていても、それがあい手に伝わり、はッしとひびくのは、ほんの一瞬間で、しかも汐のみち干《ひ》のようにそれはきまりのある時ではなく、いつ光りだすか、わからないのだ。虹のように光り虹のように消えてしまう。そして人はまたもや蒙昧《もうまい》の悲しい暗やみに沈み、ねむり、時をすごす。あい手がその真実をがっちり受けとめてくれるときは、くいちがってなかなか来ぬものである。その一瞬の光輝をともに捉えてくれなかった卯之助に、怨みといえば怨みがあった。そのとき、捉えなかったことが、おれの愛である、と卯之助はいうであろうか？　何にせよ、雨の夜だけだった。あの、真実が、わたしの真実が、火花をちらしていたのは。

恰好のよいくちびるから血をしたたらせながら、愛するために生れてきたのにと呟いていた異国の青年の死に顔ばかりが、いくど打ち消してもも浮んできて、わたしは困った。

「東京で結婚するかもわかれへん……」

卯之助は、わかれへん、といったのだがそれは断定的にきこえた。わたしは自分がみじめにみえてはたまらないと思った。

「それはおめでとう。いつか、そんなお話、きいたことがあったわね」

彼は煙草を出して火をつけようとしたが、ちょっと手が震えていてうまくつかなかった。わたしの返事が、彼には期待はずれだったのだろうか？　濃紫のピースの箱が地面におちた。ずっと昔、卯之助が貧しい丁稚で、汚れたワイシャツに、草履をつっかけて得意先廻りをしていたころ、わたしは客の忘れものだと偽って、煙草に飢えている彼に、ピースを一箱買ってやったことがあった。律義な彼は仲間に配りあるいていたが、わたしはそのためにお昼のパンを二日買えなかったんだ。卯之助は何も知りはしない。貧しかった卯之助の胸に身を投げて泣いたことがあったとは思えなかった。

いま、新調の紺のトレンチなんか着こんで仕事に楽しんでうちこみ、多い収入にあぐらをかき、ひとかどの商人らしい、おちついた渋い風格のある卯之助に、わたしがしてやれることはなにひとつない。ついにことばにならなかった、愛の成就のむなしさはやはり男の慎重な狡さなのかと、わたしはもう泣けもしなかった。

「ほんまに、おめでとう、いうたげるわ——」

あかるい声なのに、不覚の涙がこぼれてわたしを狼狽させた。ふくとまた出た。はずかしくて、もう手放しだった。涙をみたので、こんどは卯之助が狼狽した。

「おれを忘れてくれ。なぜそう、きみはおれを愛しすぎるのだ」

頭を抱えているかれに、鮮烈な血汐のいろと、浄らかな死に顔が重なり、遠いイメージにぼやけた。愛するために生れてきたとは、なんとおろかしい、むなしい、口先だけのセリフだ。わたしはきつく目を押えた。棒や輪の虹がむすうに飛んでいた。

わたしは何を画こうかと絵皿の重みをてのひらにはかって思案していた。と、ふいに脈絡もなく、三つだった卯之助の末弟のことを思いだした。彼はその弟をとくに可愛がっていて、大物《だいもつ》駅までわたしを送ってくれるときまん中で歩かせ、両方からわたしたちは小さな手をひいてやるのだった。するとあるとき、道傍の菓子売りの婆さんがいった。

「おくさん、坊ン坊ンにお菓子どうですエ」

わたしははにかみ、卯之助は聞えないような顔をしていた。結局、わたしは買った。改札で、オサムはわたしの買った飴を卯之助にみせ、小さな拳で兄を叩いた。

「オチャムにくれた、ねえちゃんがオチャムに買《こ》うた――」

と嬉しそうにいうのがいかにも可愛いので、青洟をたらして服はどろどろで汚いのだけれども、抱いて、高い高いをしてやった。

わたしは子供が好きだった。オチャムは歪んだ馬鈴薯のように奇妙な造作の顔をもっていたが、頰は桃の果《み》のようにふっくら丸い。汚れているがスベスベした肌。可愛いふくみ笑い。オチャムは卯之助に似ているようでもあるし、似ていないようでもあったが、キャッキャッと足をばたつかせる子供の重みは豪奢な感じでわたしの心をときめかせた。

卯之助の子供が生みたかったというのは、みだらな迷妄であろうか。これほどの思慕にしめつけられながら、それでもどうにか生きている自分がいじらしく、気をゆるめれば泣けそうになる夜もあった。


これから難波へ廻るという竹山さんと別れてわたしはひとりでかえった。三百円貰った。わるくない。母がどんな顔をするだろう。

お金がたまったら油画も買いたいナと値段だけみるつもりで、西宮までのりこして商店街をぶらついた。そして果物やの角を曲ったところで勤務最中の母に出合ったのだ。母は思いがけぬところでわたしにあったので、甘酸っぱく笑み崩れながら、暖かい風のように近よってきた。意外にちいさく痩せちぢまり、白昼のむざんな陽光のもとではしわが目立った。残骸のような母の姿にわたしはドキッとなったが、母の声はやっぱり張りのある若い、美しい声なのだ。

「どこへいったン？……この寒いのにうろつきなさんなや、おこたをぬくうして、家にいなさい。足が冷えるよ」

けうとい、この屍衣のような母の黒い仕事着は、わたしは大きらいだ。はやくこれを脱がせてやりたいのだ。――が、いまわたしは気が大きくなり自信がついてきてなにをみても嬉しかった。わたしでなければいけない、という仕事がみつかったのだ。わたしの愛とわたしの心と、わたしの手の要る仕事が。

「母ちゃん……奢《おご》ろうか？」

母はわたしの話をきいて、

「そうかや？……」

とやさしい目をまるくした。

「そんな絵が役に立ったの？　金になるの？　そらええなア。好きな道やないの――」

わたしは母の鞄をもって歩いた。鞄は重かった。手垢にまみれたやくざな銅貨がザクザクはいっていた。母もわたしもお昼はまだだ。わたしたちはパンやりんごを買いこんで、武庫川《むこがわ》の堤へいった。風がないので、春先のように温《ぬく》い。まばらな松林を背に坐った。母は横坐りにわたしは長い足と短い足をこわれた人形の足のように可愛くならべて。枯草はほのかな地熱をもっていた。

ジャムパンをふたつに割っている母のチョコンとした背も、わたしは思いッきり叩きたいほどいとしい。なぜ母を責めるのだ。母からわたしの運命にたいするうめ合わせをはたきとろうなんて、なぜ考えるのだ。——母があれば当座のところ、両手一ぱいで何も要らない気がする。物ほしそうな、愛の乞食になりたくない。それにしょせん、母ほどには、どんな男もわたしを愛してはくれないかもしれないのだ。——が、卯之助を怨んでいるというのではない。とっくに宥《ゆる》しているし、まだ愛しているらしかった。卯之助がどこかわたしにみえない遠いところで、倖せに生きてほしいという気がわたしの心の底にあったから。

と、同時にわたしも倖せになりたかった。若かったし、美しさにも自信があった。彼ひとりが幸福でいてわたしが不幸におちるなんてみじめでイヤだった。面白いことや楽しいこと、男の愛情やそれにお金なんかも人生の途上でわたしを待ってくれているようにおもいたかった。わたしと卯之助の真実が虹のようにかかり合わなかったのは、それらを押し流す世の中の圧力や貧乏の苦しみだと思った。イヤな世の中だったがそうとわかればだれよりも強靭《きょうじん》に生きぬいてやりたかった。

空気は澄んでいた。橋上を、色あざやかな電車や車が糸でひっぱられるように滑らかに動いていた。水あさぎの空に、あわあわしい雲が流れている。清澄な川の水はたゆたゆと丸くふくれあがり、砂原のうえに透明にひろがって雲を浮かべていた。

「絵皿、描くの楽しいわ、母ちゃん。奇抜なアイデアがいくらでも浮かんできそう。

自信がついてくるの。仕事って捜したらあるね。どんなことしてでも生きていくわ。母ちゃんももうすこしの辛抱してね。いまにまた笑うときもあるわ」

春は遠いとおもわれたが、うす桃いろの虹はすみとおった、冷い水にうつっているかのようだった。

（おれを忘れてくれ。なぜそう、きみはおれを愛しすぎるのだ）

と頭をかかえて、慟哭《どうこく》したひとのすがたが、ありありと思いだされるのであった。甘美な思い出だったが。

いまは涙もなかった。

突然の到着

「では失礼致します。今こそ私は、われわれの不幸を警告してくれることのできないわれわれの理性は、われわれを慰めてくれることもまたできないのだ、ということを、沁み沁みと感じておるのでございます」

ラクロ「危険な関係」——ヴォランジュ夫人の手紙

（竹村猛氏訳による）

1

僕のことを、仕事仲間の連中もかかわりあった女の子も、二十四歳というとしにしちゃ、じっくりしている、というふうに批評しているのを、僕は知っていた。だがそれはあんまり人生のはやくからいそがしい日常をおくりすぎて、僕の若い反射神経の筋肉がよれよれに疲れてしまった、ということである。

僕は上背もあり、なかなかの美青年で、世間の美青年や好男子がみんなそうであるように、自分でもよくそれを知っていた。高校時代は俳優で成功するだろうと思われていた。もっとずっとはやく、小学校低学年から子ども劇団「ひまわり座」に在籍してラジオに出たりなんかし、変声期をすぎてのち舞台へも立った。(学校から学校へ移動する子供劇団の)

僕の父は長いこと小学校の教員で、教員として終り、やめてからはうちで近所の子子供あいてに塾をひらいていた。僕はひっきりなしにずるずるとハナをすすりあげる子供たちの、ぶつぶついう可愛らしい私語や、くすくすともらすいたずらっぽい忍び笑いや、時に父が昔風の、師範出らしい謹直さで鞭を鳴らして子供の注目をあつめようとする、生まじめな叱声を隣室にききながら、勉強の時間をすごした。僕はあんまり成績も悪くなく（それは父を満足させ）公立の大学へはいった。そのころ、姉が結婚して、いよいよ、父と僕だけの生活になった。母ははやくに亡くなっていた。父は僕に教育者の道をあるいてほしかったのだと思う。だが僕は（自身でも何度もそうしたいとのぞんだにかかわらず）何か、ふしぎな恐怖みたいなものがあって、（あるいは僕に教職者のガウンをまとわせることの場ちがいな含羞《がんしゅう》みたいなもの）どうしても教壇に立てなかった。僕はいま、それは、父が隣室でひらいていた塾のせいではないか、と思う。子供たちの泥足や、罪のないウソや白墨の臭いや、鉛筆のけずり屑でいっぱいになった黒いゴミ箱が、静かなゆううつでもって僕の心に倦怠と狎れの香をたきしめ、僕の鼻から未知の世界の香気をかぐ能力を奪ってしまったのではないかと思う。といって、ほかにどうしようもなかった、僕自身、役者になるには年を食っていたし、それに何より、スターになる決定的なモノが欠けてることも、だんだんわかり出してきた。それを説明することはひどくむつかしい。

だが、何かしら、発光体、発光源を身内にもっていない人間が、たくさんの大衆たちから愛情にしろ敬意にしろ、ヒイキ感情にしろ、惚れ心にしろ、軽蔑にしろ、笑いにしろ、とにかく何かを奪うことはむりである。僕にはそいつが皆無だった。僕は自分に、他人の鼻面とってひきずり廻せる生命力の光輝があろうとはつゆ信じられなかった。いやらしくいえば僕の能力はただひとつ、自分自身をたえず無能力だと感じる能力だけだった。

そんなわけで、僕は平凡な会社員になろうと心をきめ、そしてその通りになるはずだったのが、ある日、絶えて久しく足をふみ入れひまわり座をのぞいたら、僕と同じようにここのジャリ・タレから出発していまは幹部におさまっている国枝《くにえだ》が、僕の顔をみて嬉しそうに叫んだのである。

「やあ、ええとこへ来よった、サブに書かそう」「何を、や」「恰好の芝居が無うて弱ってるんや、書く、いうてた奴が交通事故で入院しよったんや」「脚本集を一冊買えよ。しこたま、恰好のがのってるぜ」「それがいま一ト組、地方へ出ててな、いま使えるのがアノ子とアノ子と……」と国枝はけいこ場を指さして教えた。それから僕に「私の作劇法」という劇作家の書いた本を一冊あたえ、僕をまる三時間、ひまわり座の二階に監禁した。夜の七時に僕は下へおりていった。

国枝は読んでただ一言いっただけだった。「使える」僕はそれ以後、「ドラマの書きかた」などという本はいっさい読まないで、なんとかかんとか、お茶を濁すのに成功したのである。それが僕をますます、自分は発光源をもたない人間だ、自分に説得力なんかこれっぽちもない、というマイナスの自信をふかめさせることになってしまった。僕は国枝のコネによって、ラジオやテレビの仕事、けっして名前が出ないかげのお膳立ての仕事や、また、ほんの一瞬、画面に名前が流れてすぐ溶けてゆくような仕事をもらった。父はそんな僕にたえず失望し、失望したまま世を去ったが、なにかこう、非常に遠慮がちなところのある性格で、とうとう僕は、面とむかって父から叱られずに終った。父は、姉に不満をいい、姉が僕にそれを伝えるというやりかたで、おたがいにそれを愛情だと思っていた。父が死んだとき、僕は、とうとう、どなりあったりつかみあったりする親子げんかの経験を持たないで終ったこと、そのことの感慨のほうがいまに先になって父の死自体より、大きな悲しみの固まりとなって咽喉をふくらませるにちがいないという予感をもった、つまり父も僕も、そういう感情の爆発の能力に恵まれていないこと、それが僕をまるで未成熟人間のようなきもちにさせ、鏡をみるたびに、僕の顔が世間の他人のようにちゃんとサマにならないで、唇をむすんでいても、どこかホコロビがきてるような、不安定な、いつまでたってもホンモノになれないような顔である、その不安と憂慮を強めさせるのだった。

女でもできたら、かわるかもしれないと思って、僕は自分を叱咤激励して遍歴してみた。

美しい女も醜い子もあったが、それぞれに美点があって、さてどうということもなく、——しまいに僕は国枝の情人で下着デザイナーの大庭百合子と仲がよくなって、一時はしんじつ僕は、これこそ恋だと思いこみもした。

一ト月に一度、百合子は東京からやってきて国枝と会っていたが、とうとう、東京から電話をかけてきて、こんどは国枝にナイショでゆく、京都の宿でおち合いたい、というのだった。僕はそれまで彼女のなかへ接吻以上にふみこんだことがなかったので、彼女の電話はうれしくて喜びが脳天をつきぬけた。彼女の笑い声（彼女はよく笑う女だった）を一晩じゅう自分のものにでき、それから「彼女を腕に抱いて夜あけの白む窓をみる」ことができる。（懐疑屋によくあるような、僕は安っぽいセンチメンタリストだった）それができれば僕は何かみやげをもって、うちへ帰ることもできるにちがいない、と期待にみちて勇躍して会いにでかけた。

彼女の指定した場所は、一見ふつうの家で、僕は何となく百合子は国枝にナイショの男を僕のほかにも持っているのではないかと、思わせられたが、それはあとになって考えたことで、百合子がくるがはやいか、僕らはもう夢中になって、僕はまず彼女のドレスをぬがせ、下着をとらせようと思って手を出したがこれがケチのつきはじめだった。彼女の考案にかかる不思議な下着類ときたら、あっちをひっぱりこっちをひっぱり、あげくの果て、手首がくたびれてしまって、しまいに僕の手ではどうしてもぬがせることができず、どうともしやがれと疲れはてたころに、やっとするりとぬげた。

まるで人を小馬鹿にしたようなスリップだの胴着だのを彼女はくすくす笑いながら自分でぬいだ。

大柄な陽気な女で、見事な体をしていて、すこし露出狂の気味があって自分の美しい体をとても愛していた。

彼女がすっかりぬぎすてた肌着はウソみたいに軽くふわふわで、みんなとり集めて丸めたら、耳の穴へでも入りそうな、うすいものばかりだった。

「早く、早く、早く来てよ」

「百合子、……」

僕はもう口ばしって夢中になっていた。まるで市場の歳末大売出しの福引で、百円玉をわしづかみにつかもうと焦る人のように、山盛りの幸福を目前にして、すこしでもこぼすまい、少しでも多くと僕はあせった、じれた、のぼせあがり、心はかっかっと燃え、臓物はバラバラにほぐれ、血は脳みその中へ逆流して火ともえ上がり、……ところが彼女の体に手をかけるが早いか、百合子は大声で笑い出したのだった。

「笑うなよ、おい――」

僕はいやな予感に心をかげらせ、絶望して叫んだ。怒られたり、すねられたりするのならまだいい、しかし、ああ笑われては何もかもぶちこわしだ。

「だって……だって……」

百合子はあんまり笑いすぎて、僕の指がほんのちょっと触れるのもいやがった、さわられたらよけいおかしくなるというのだった。

「ごめんなさい、どうしたんでしょう、ああおかしい……」

僕はとび起きた。

「でも、あたしね……」

ぶちこわしだ。またもやサマにならない状態となり、僕は僕の不幸な宿命を、百合子は女特有の直感で、看破したのではないかと思った。

「ごめんなさいね、とにかく、あなたの顔みてたら急におかしくなっちゃったの、でもあなたのせいじゃないわ、サブ」

と彼女は気の毒そうにいった。「こんどにしましょう、こんなときに無理したってだめよ、きっと今度は約束してよ。私すこし、いまはいってるからよ、あなたが悪いのでもあたしが悪いのでもなくて、アルコールの分量のせいだと思うわ」

彼女はこれを笑いでとぎらせながらいった。

僕の顔は横に寝てみても下からみても、どの角度からみても男前である、と彼女は断言して僕に自信をもたせようとした。(彼女はとても気のやさしい女だった) それでもとにかくおかしくて気が散ってしまう、なぜ気が散るのか分らない、でも国枝だったら、けっして気が散らない。しかしそれは僕より国枝のほうを愛しているからではない、たぶん、あたしはサブのほうが国枝よりもっと好きなのだが、それは確信がもてるのだが、でも「とてもおかしくなっちゃうの」と彼女はまだ目に涙をためて笑いながら説明した。

僕はそれを押しきって彼女をなんとかするには、もう体のなかから何かがすり抜けて出ていってしまった、ベッドへぶっ倒れて、よろしい、勝手にしろ、というと、

「怒っちゃだめよ」

と百合子はいった。怒れるくらいならもっとぬけぬけと、何とかなりそうなものだった。

僕らの仲はどうしても会うと駄目だった。

その後もチャンスを作ったけれども、どうしても大庭百合子の可愛らしい笑い声をやめさせることができなかった。僕はそんな翌日は大いそぎで、もっと簡単に運べる手軽な淑女たちをさがしてきて、試してみたが、どうにかそれはつつがなく進行した。でも僕が望んだのは百合子のほかには何もなく、どうしても彼女でないといけないのだった。

この蟻地獄からぬけ出すには、さっさと彼女を思い切り、僕に合う血液型の女性をさがしてくればよいのだが、そう努力すればするほど、彼女への渇望と思慕はいやまさった。僕は狂気のように手紙をかき、そして東京からくる彼女の返信にも、ちっとも冷笑や嘲笑はなく、真実こめた恋人のそれで、僕は彼女の手紙に接吻して有頂天となり、幾十度、有害な期待をふくらませてはまたしぼませ、ついに、禁煙志望者のうしろめたい、やみがたい情熱でもって、これこそ最後のチャンスだと自分にいいきかせて、また彼女にあいにいった。

僕らの仲は、ああしかし、やっぱり出来ないでしまった、どうしても会うとだめだ、できない、暖かい体をくねらせて彼女は大笑いしてしまう。別れているときは、僕はぶるぶる震えるような激烈で清新な、情欲のくすぶりを身内に感じ、その爆発を辛うじてこらえながら、すさまじい妄想のノミで以てガッチリ彫り止めたかにみえた鋼鉄の愛が、見よ、彼女の笑い声とともにいまやみるみる、砂糖菓子のごとく溶けてゆくではないか。

さすがに彼女は気の毒そうに笑いやめた。それから僕らはお互いに、もしそんなものがあるとすればいたわりの情から、大いそぎで寝て、大いそぎでわかれた。

あくる朝、僕は彼女の電話で叩きおこされた。

「あたし、いいこと思いついたわよ」

と彼女はたのしそうにいった。「いい人に紹介したげるから……」

僕が連れていかれたのは、大阪市近郊のある衛星都市だった。きれいな、まるで城館みたいな邸宅がかなりけわしい山の頂きにあって、門をはいってみると、大掛りな改修工事をしている最中であることが分った。

百合子がひき合わせたのは、これも大柄な、腰まわりにたっぷり肉のついた堂々たる婦人で、彼女は青い毛織りのコートを羽織っており、これから外出するところだったといった。僕はさっぱりわからなかった、百合子が何をもくろんでいるのだか。この女が何者だか。

その女性は家の一部へ僕らをつれてはいって、紅茶を淹れてくれた。最初は肉屋のお上さん然としてみえた彼女の太い腰まわりは、あんがい軽やかな動きをし、僕は彼女のひとことふたことしゃべる言葉からかなり教養のある種族かもしれないと想像した。いいかげん背がたかいのに、まだうんと高いハイヒールをはいていて、太った体に似あわずほそい恰好のいい脚をしてたえずこまめに動き、脚をみせつけるように組んだりした。愛想よく僕をあしらい、気がついてコートをぱっと脱ぎすてて椅子の背にかけた。それは九月の半ばで、早い冷気がしのびよって来るころだったが、彼女は袖なしのワンピースを着ていた。太った腕をむき出しにして、その腕をふり廻すと、髪の毛よりもつやつやと黒い剛《こわ》い腋毛がみえた。百合子はその見事な体格をした女を、越谷類子《るいこ》だと紹介した。

それならば僕は今までに色んなふうにきいたことがあった。彼女は金持の家に生まれ、淫奔《いんぽん》で、淫奔な小説を書き、それも百パーセント肉体派のエロ作家で、ＰＴＡや優秀図書推薦委員会からは蛇蝎《だかつ》のようにきらわれていた。そのせいかどうか、もう小説を書かなくなって久しく、死んだという者もあれば、ヨーロッパにいってるんだという者もあった。その小説を買っているものもあったがたいがいは忘れ去っていた。それがいま、僕の前に坐って、この夏、アイスクリーム早食い競争で一等になったなどと百合子に自慢しているのだった。色が白くて、すこし下がり眼で、なかなか美人だった。冗談がうまく、うるおいのある声で弁舌たくみに百合子を笑わせた。ちょっと、さばけた私立ミッションスクールの女校長さんという貫禄があり、どうしてなかなかすてがたい風格もあった、彼女に関してなぜああいうふうに、悪しざまな風説が行なわれていたものか、僕には分らなかった。

つまりいう所の悪名たかい女で、人々がちょっとバカにしてふふんというような聯想の名前、それから思わせぶりにクスッと忍びわらいをかわしあうようなもの、淫売か、もしくはそれに近いような人種にいだく男たちの親しみぶかい残酷さ、それらを匂わせた取沙汰で、彼女は飾りたてられていたのだった。

百合子と類子はさんざん話のまわり道をしたあげく、僕を横へおいたまま、用件をいいはじめた。

「とにかく、笑うのよ、笑い出してしまうのよ」と百合子はいっていた。「ベッドでね」

「あんた、そのくせ、昔からやっぱりならないのねえ」

と類子はうなずいた。

「それであたしふと思い出したんだけど、——あんたのこと。ちょっとばかり不釣合かもしれないけど、あんたならこの人に向くんじゃないかと思うの、あたしこんなにこの人をみて笑い出すのでなければ、絶対に人に譲ったりしないんだけど、そりゃとてもお腹《なか》のきれいなサッパリした人よ、サブちゃんは。バイキンなんかは、皆無よ、でも無菌状態ってのがもし、あたしを笑わせるんだとしたらそれはいいことかわるいことか分らないけど……」

僕はおどろいた、百合子は僕を、この肉体派元作家に譲り渡しに来たのである。さらにおどろいたことには、越谷類子は僕を値ぶみするように一瞬、するどい一瞥をくれたあと、

「もうすこし早ければよかったのにねえ、大庭さん」

と百合子に残念そうにいった、「あたし、とても面白い人と棲むことになっちゃったのよ」

「あら、結婚したの、いつ？」

と百合子は目を丸くした。

「あら、まだですよ。でもねえ……」

越谷類子はまたしばらく僕をじっとみて、

「もうすこし早ければねえ……」

とためいきをつきながら、くりかえした。それは僕には（もう、ゴム紐なら買っち

ゃったのよ)というふうにきこえた。僕に、どんな顔ができたろう? 僕は目のやりばにまごつき、女の尻にくっついてのこのことこの山をのぼってきた自分の甘ちゃんぶりを呪いながら、紅茶をがぶ飲みして、カップに顔をかくしているより手がなかった。

しかし類子の口調には本当に残り惜しそうなひびきが強く流れていた。

「あたしなら、この人を見て笑ったりしませんよ、ホントよ、でもね」

それから急に語調をかえて、女親分のように濶達《かったつ》に笑いながら、百合子にいった。

「もっとさきならともかく、今はすこしね、でも遊びにいらして下さい。うちには変った連中がよくきますから」

といったが、その後半は僕に向かってしゃべったのだった。

「今はすこしね」と類子にためらわせたのが、彼女と同棲しはじめたばかりの男、藤《ふじ》波康男《なみやすお》のせいであることがすぐわかった。そのとき僕たちのいる席へはだしの男がやって来た。彼は百合子や僕に百年の昔からの知りあいみたいにやあ、といい、自分は昼寝のための掛ぶとんをとりに来たので、どうぞ話をつづけてほしい、庭の片隅に椅子をおいて一時間ばかり眠るつもりだといった。類子より背が低いくらいで頭は前から禿げはじめていた。僕が彼に気をひかれたのは、いかにもぬけぬけとした鷹揚なところがあって、彼こそ何をやっても、前に一度したことがあるようにまごつかぬ、けっして女に笑い出させたり、気の毒がらせたりしない男だろう、そのくせ、何かしら世間的な能力もあり、世の中へ出てもちゃんと恰好つけられる男にちがいない、そんなふうに一瞬、感じてしまったのである。

類子は彼をひきとめ、僕らをひきあわせ、藤波康男であると教えた。

彼らと知り合ってからは、僕はもう、三日にあげず藤波と類子夫婦（といい得べくんば）の家へかよいつめていた。それほど彼ら二人は僕をひきつけた。

僕は藤波は類子の財産に寄食しているのだ、と思っていた。ところがよく知るにつれ、また百合子にきくにつれ、事実は反対で、いまでは類子の財産とてはほとんどなく、その宏壮なシャトオも藤波の所有になっており、土地も藤波が類子から買いとったということだった。お人よしの類子は親戚じゅうに寄ってたかってはだかにされてしまったという話だった。

その山は越谷山とよばれていた。有名なハイキングコースからややそれた景勝の地で、むかし類子の祖父の越谷なんとか氏が、景気のよかった今世紀の初頭ごろ、名もない山を買いとって切り崩し切りひらき、彼の生涯の記念碑として建築したのである。越谷家は明治維新に便乗して、成功繁栄した武士出身の実業家の一族で、有名人も多く出していた。ところが類子の時代にたまたま、没落したのであって、藤波がその邸もろとも、買いとったというわけだった。類子はいまでもどうして財産をなくしたか、合理的に説明することができなかった。おそらくは戦争とそして彼女の無能、経済観念のなさ、などがごっちゃになって、おそったのだろう。彼女は財産税のことを、「いつかしらん、なぜかしらん、とられてしまったお金」というふうに表現した。それから戦後の預金封鎖時代のことを、「貯金が引き出せなくなる制度」などと呼んでいた。戦争中に祖父をなくし、戦後、母をなくし、「ずっと一人」だった。

一九二〇年代のはじめに日本からへっぽこ画かきがフランスへ渡航した、彼はパリで客死して内地に妻と娘をのこした。この才気があって放浪好きで、放蕩無頼な青年が、彼女の父親だった。写真でしか、類子は父親の顔を知らなかった。

藤波の家ももとこのちかくにあり、二人ははやくからの知りあいで、類子はにっちもさっちもいかなくなって彼に相談をもちかけたのだった。藤波は金を持っていた。

藤波は買って温泉ホテルに改造した。僕らがいったときはちょうど出来上がったばかりのころで、地元の自治会や防犯協会に反対されながら、何とか、景気よくやっていた。藤波はふかい松の枝がくれに青いネオンをとりつけていた。「ホテル清秀苑」という青い字はこの丘がたそがれ初《そ》めると、はやばやと六甲山脈より高い位置で星空の中へおどり出るのだった。清秀苑、なんてずうずうしい。名前からして、僕らは藤波の皮肉に笑わせられるのだった。

藤波のような男をへこますことはむりだった。僕はあるとき、地元の自治会の男が、ＰＴＡのおばさんと二人で、えっちらおっちら越谷山の坂を（このへんいったいの山地は、三割高の料金をいただきます、と駅前タクシーの車内にも明示してある）のぼって来て、藤波に住宅区域内に連れこみホテルを建設することの罪悪をまくしたてているのにゆきあたったことがあった。「学生や児童に悪影響がある」というのだった。藤波は「べつに学生割引して誘致しているわけではない」といいわけした。「アベックのあられもない姿」という抗議には、彼らのほうこそ人目をおそれているのであって、それが目につくのなら何か「不自然」な覗き方をしているのではないかと、しゃあしゃあというのだった。犯罪を誘引する、という非難には、町会に防犯灯を寄附することでケリがついた。くらえぬ男だという評判が立った。

類子と藤波がどうして棲むようになったのかはよくわからないが、藤波にいわせると、類子はどうしてもこの家を出ていかないのだそうである。類子はほかの場所に住むのは気が向かないのだ、と説明した。さすがの藤波も根負けして、彼自身が住むつもりだった裏のはなれのほうへ類子をおちつかせた。いつだったか、百合子が「藤波さんを愛してる?」と類子にきいたことがあった。彼女は、「さあ、あたしたち、もう変愛なんか退役してるのよ」と答えた。類子は「もうそんな年じゃないんですもの」とかなんとか、そういうふうな言い方が大好きだった。僕らは彼らの客間でずいぶん面白い時をすごした。いちばん僕にとって興味のあるのはやっぱり藤波だった。

藤波は猫背で風采の上がらない男だった。いつもニヤニヤ笑い、何ともとりとめない表情をし、ずんぐり太って背も高くないし、歩きぶりは片足をひきずるようにしてのんびりと大股にあるき、ふだん彼が背広など着ているのを見たこともなく、いつも夏ならアロハシャツみたいなもの、冬は毛糸セーターを着て、膝のまるく出たズボンをつけている。やたらに煙草を吸い、ズボンを焦がし、灰をちらし、美しい天然ウェーブの頭髪は気が向いたら油でなでつけるという程度で、もうだいぶ額がはげ上がっていた。大きな顔をして(ふくれっつらというのではない、面積が、である)まるで黄色い団扇《うちわ》のようで、まんなかにポツポツと黒い目が二つ並んでいて、くちもとだけには魅力があった。ひどく肉感的で、白いきれいな歯なみをしている。(彼のくちもとにはとても抵抗できないわ、という女の子を僕はのちになって幾たりも知った)

ぐうたらでだらしない身のこなしではあるが、彼には男同士の想像も及ばぬ性的魅力がどこかにあるらしく、女の子たちにもてることといったら、僕なんかの比ではなかった。（おかげで僕は百合子の件以来、僕の中に根を下ろしていたコンプレックスをますますぬき難いものにしてしまった）彼の明るいひょうきんな黒眼、意地わるい口の利きかたに、一点女たちにはこたえられぬ殺し道具があるらしく、僕はそれが、彼のかくしもっている優しさではないかと思う。（巷間流布される俗説によれば、彼の通るあと処女なしというのだが、もちろんそんなことはウソにきまっている）しかし、仔細にみれば彼は中々の皮肉屋で、彼の全体の表情にある、からかうような愛嬌の線はほんものの侮蔑へ瞬時にめまぐるしく反りかえり、またうたがわしい好意へとすばやくたわんで、ほとんど向かう人を奔命に疲れさせるのだった。

僕はよく百合子と、坂の上にある清秀苑までがたがたとタクシーをはしらせた。居丈高な鉄門に迎えられ、古風な庭園を左右にみて、さんざん廻り道させられたあげく、度肝を抜くようなモダンな玄関によこづけさせられる。目をまわすような大理石の渦巻模様の床、こけおどしに立派なシャンデリア、古風な高い天井と、どっしりした家具。ロビイを右へぬけると、藤波たちの居宅になるのだった。僕らはだべったり、酒をのんだり、類子にトランプ占いを頼んだりした。

彼女はトランプの一人遊びが好きで、しかしあんまり種類を知らないものだから、いつも「男爵夫人」か、「斑色《まだら》の悪魔」というのをやっていた。うまくいった時だけ一杯のむことにしていた。つまりそうやって節酒に励んでいたのである。でないと、のべつ幕なしに飲むからだった。百合子におとらず気のいい女で、酔っぱらうと猥談が好きだった。それにどこまでが猥談で、どこまでが差し支えないのか、けじめがつかなくなった。彼女はいまでも、百合子から譲渡されながらうまく活用できなかった僕のことを残念がり、それをいうのが好きだった。藤波は、俺はかまわない、というふうにほのめかしたりしていた。

類子はテレビに映るスポーツ、ことに直接的な闘争のもの、レスリング、ボクシング、相撲、など一切はきらいか、興味ないかである。「あたし、野卑な健康というものをにくむわ」と彼女はいうだけだった。本を読んでいることもあるが、「何が彼女をそうさせたか」という実話特例集だった。彼女はトルーストーリィ、絵入りの体験記や手記が好きだった。

小説を書いていることはほとんどなかったようだ。たまに書いてるのをみると、家計簿だったり、電話をききながらのメモだった。彼女は電話帳を引き裂いてメモ代りにするくせがあった。太ってるため暑がりで、すこし太陽の光がきついと、すぐ裸になった。内庭の木かげに椅子をもち出し、オレンジ色の水着に白い麦わら帽をかぶってぼんやりしているのが好きだった。水着ははちきれそうなほど、白い肉体にくいこみ、巨大な太腿はぬけるほど白く、大きな乳房は歩くたびに暑苦しそうにゆれた。ソバカスのある顔をすこし傾けて、何を考えているのか唇はぽかんとあけられ、白い歯ならびがこぼれていた。

ときどき、ばかでっかい声で思い出したように歌を唄った。類子の声は澄んでいて力があり、昔、彼女が富裕なうちの、金に飽かして育てられた少女だったことを思わせるのだった。

「シンディ　いとしのシンディ
わすれられぬ　あの瞳……」

彼女はよく「いとしのシンディ」を唄っていた。

折にふれて彼女は子供のころの話をしたが、何だかそれはあんまり彼女が空想しすぎて、いつか自分でもホンモノのように思いこんでしまったことを思わせる、作りすぎたおもしろさがあった。しかし彼女の鷹揚な気風《きっぷ》のよさ、人の好さ、などというものは、僕らのあずかり知らぬ遠い過去の日本の全盛時代、先祖代々の金持が安泰だったころの、あるブルジョア家庭の家風を暗示するようにも思われた。そこが、僕の彼女を好きな原因の一つだった。がしかし、愛というものではない。

僕は百合子を愛していると思っていたが、国枝の愛人ではあるし、何より彼《か》より東京にいつも居るのでは、去るもの日々に疎《うと》くなるのは仕方のないことだった。それに、百合子は東京に一人、新しい愛人をつくった。

「こっけいな所は皆無よ」

と正直な彼女は僕にうちあけた、「ちっとも笑わないの、彼と一しょだと泣きたくなるくらいなの、こんな人はじめてだわ」

そんなわけで、僕は棄てられた恋人の役を演じなければならぬ羽目となり、類子は大いに僕に同情して、またもや百合子が僕を越谷山につれて来た朝のこと、もう少し藤波より僕を早く知っていたら、僕と類子はいいカップルが作れたにちがいない、という話をむし返すのだった。

こっけいでなく女と接する、ほんのちょっとした糸口がみつかれば、僕は何とかなるのだが、といつも考えていた、そんなころに僕は久須田《くすだ》紅子《べにこ》と会ったのである。いやまず、僕を大いに苦しめた、あの「ハナ子さん」の話からはじめよう。僕だって、遊んでばかりいたわけじゃ、ないんだ。

2

過去十五週のあいだ、(折々、息ぬきに藤波の家へくるときはべつにして)僕はぶっつづけに働いたものだった。単発ドラマを数本、毎週の構成物とディスクジョッキー、そしておびただしいドラマのシノプシス、それに——いうも恥ずかしながら、「白鳥水彦」なんていうペンネームで、少女小説を二篇、書きさえしたのである。……時によると一日十七時間書きつづけて、腕はしびれ指はぶるぶる震え、ヒゲは伸び放題、眼はおちくぼみ、頭脳はもうろうとなり、放送作家仲間から便利屋などと(何でも引きうけるというので)陰口を叩かれている。さしもの僕も疲労困憊《こんぱい》、牛乳を買いにいこうとして、路上でめまいを起こしてぶったおれたことさえあった。

というのは、僕はあたらしい仕事のためにうんと時間を片すみへ掃きよせて、その仕事にはたっぷり時間のエサを与えて太らせたいと思っていたからである。僕はその仕事こそ、僕のひとつの仕事のくぎりにしたいと考えていた、僕は自分に才能があると考えたことはなかったが、その仕事には惚れかけていた。そんなわけで、ほかの仕事をしている間も、その原案は僕の胸の底で初恋の思い出みたいに不完全燃焼で、くすぶっているのだった。しかし結局、われわれは時間の奴隷で、時間を好きなように丸めたりちぎったりして使うことは無理である。約束の日限がきて、そのあたらしい仕事の原案を僕はもって家を出たものの、それを充分練りあげるだけの時間はやっぱり足らないのだった。

広告代理店「美神舎」は、堂島川沿いにこんど新しく出来たビルの九階にある。ガラスと合成樹脂とアルミで出来た超モダンな室内の一隅、ラジオテレビ企画制作室へはいってみると、一秒の時間さえ金に換算するいそがしい男たちが、もう額をあつめて会議をはじめていた。楕円形の、美しい木目の浮き出た卓上には企画書がなげ出されてある。その周囲には、数人の企画グループの連中が、習いたての英習字ノートの字みたいに不揃いな体の向きで、でこぼこしながら並んでいた。

「どう。何とかモノになりそうかね」

室長格の雁中《かりなか》がいった。

「どうかな。とにかくこれを廻してよ」

僕はシノプシスの原稿を彼に渡した。

　僕らは三ヵ月間、一つの女性向きドラマを企画していた。代理店もテレビ映画社もライターも一緒になってシノプシスを練り上げ、また崩し、またこね上げているのだが、一向はかばかしい進展をみせていなかった。映画社は手持ちのスターで芽の出ない「花本さち子」をこれで売り出そうとしており、スポンサーは紡績会社だったが、花本さち子のイメージを利用した新柄を計画中で、それにふさわしいスイートでスマートなドラマを要求しており、そして誰も彼も独創的で新鮮な、という但し書きの付箋をつけて、ライターである僕の手許へ廻してくるので、僕の方は大変だった。僕はしかし、ずっと前から暖めている一つのシノプシスの卵を、ここでかえそうと思いめぐらしていた。成功の確率はひそかに考えて五分五分である。それを企画室の連中――テレビ映画屋やその他に納得するよう説明することは非常にむつかしい。しかし、もし僕のイメージ通りに実現したら、それはかつてなかった清新で生き生きした美しいドラマになるだろう。――

　かいつまんでいえば、ここに一人の若く美しく、イキのいい女主人公《ヒロイン》がいる。ハナ子は（企画室でのヒロインはみな、この名前でよばれる。男ならタロー）無垢の処女である。この娘をサイコロにしてあらゆる場所にころがして目を出してみる。すぐれた男や下らない男がいる。ハナ子は恋愛する。しかしそれは失敗におわる。もちろんハナ子は無疵ですんだわけではない。さあ、これからそれを主軸にして物語を廻そう。女は最初の恋人が忘れられないというのはホントだろうか？　女とは肉体と精神が乖離《かいり》した動物だというのはホントだろうか？　現代の結婚制度、現代人の結婚観、男女の愛と欲情について、およそ女に関するあらゆる伝説と神話をもう一度たしかめ、愛の既成概念についてメスを入れてみる……題も「女の学校」とする。なぜならハナ子は無垢な心とキズモノの肉体をもって社会を渡りあるいて、さまざまのことを学ばねばならないからである。——

透明なガラス扉があいて、少女がみんなにクリームコーヒーをくばってあるいた。僕は口をつぐんだ。連中の沈黙は、いつも僕に克服すべき、厄介な恐怖心の重荷を感じさせるのだった。

しゃべっていると、なぜこうも自信がうすれてしまうのだろう。僕の原稿のほうも、すでに座を一巡していた。

「なるほど、ねえ……」

雁中がコーヒーのストローにちょっと口をつけていった。

雁中は役者になったらよさそうな、立派な顔立ちをしている。たしかに四分の一世紀昔だったら時代劇スターとして世の好尚に投じたかもしれない、造作の立派な目鼻立ちである。

今はすこし年のせいでくたびれた感じで何となく中古の美男にみえた。その男前はにがみ走ってるというより、にがみ歩いてる位の所にやわらげられていたが、それは見せかけで、彼ほど切れる男はいなかった。やわらかでいて、トゲをふくんだ大阪弁、仕立のいい上等の服、口元の優しさを裏切るするどい眼つき。不可解なすばしこさを秘めた、太りぎみの体。

「どうだろう？」

僕は平気を装って煙草に火をつけたが、全身が耳になった。雁中は皮肉にいう。

「いや、なかなかいいよ」

（ウソつけ）

「まさに神童やね、君は」

「神童か。なぜ、天才じゃいけない」

「おいおい、神童ってのは永久にオトナになれない天才のことでね」

雁中は僕のシノプシスの原稿を肉づきのやわらかな指でちょっとくって目をあてたが、

「しかしね、サブ――」

とふかぶかとした薄紫色のソファによりかかって両手の指をくみ合わせた。

「このヒロインはどうして最初っからけつまずかんといかんのかね」なぜわざわざ処女でなくさせんといかんのかね。

彼は職業盗掘者が細心大胆に黄金の棺に向かって掘りすすむように、ひそかにストーリーの核心につきすすんでいく。それから目立たぬようにじりじりと僕の梗概をぶっこわしに掛かる。

僕はいつも彼によって僕のドラマ、僕のストーリー、僕のシノプシス、(僕の愛児)を希望の芽も摘みとられるほどズタズタに寸断されるか、完膚《かんぷ》なきまでに撲殺されるか、するのであった。しかもいやなことに彼のいうことにはいつも強い説得力があり、彼は、彼にイチャモンをつけられた者をして、とことん、おのれの無力に絶望させるという、腹の立つ才能に恵まれているのだった。僕は彼の前ではいつも、失敗した暗殺者の怯懦《きょうだ》を感じないわけにはいかなかった。そして、たった一人で梗概を書いていたとき、身内に、まさに天馬空をゆくようなインスピレーションと充溢感と空想力をもったことを思い出して、いまそれが、信じられぬほど跡形もなく霧消してしまった不幸を、僕は僕の無能のせいでなく、彼の横暴さのせいにしようとした。

ただもう、やたらと視聴率のことばかりいう、信ちゃんという男は、あごをつまん

で、

「芸術祭じゃないからね、サブちゃん。シリアスなドラマにするのはまずいんじゃないの、視聴率、あがらないよ」

といった。

「しかしタダのホームドラマやメロドラマでなくて、ちょっぴり骨をもたせようとすれば……諷刺をきかせようというねらいなら、ひねった方がよくないのかな——あんまりウソっぱちのドラマより、かえってホントのことのほうがウソらしくてフレッシュだぜ」

「ホントのことをいうやつがあるか」

と、ドタバタ喜劇をつくるのが大好きな、種岡という企画員があわててさえぎった。

「五パーセントのホントに九五パーセントのホントらしさがあれば充分さ」

彼はインデアンのようにりっぱな体格と荒削りな顔立ちをしていて、粗雑な物腰で、どんどんせっかちに仕事する。大きな音をたててぐびぐびとコーヒーをのみ、

「ヒロインを汚すのはかなわんねえ。ハナ子さんは最後まで処女でなければいかんよ、サブ。乙女の神秘、美しき秘めごと、え？　……そやないかいな」

彼は歯をチュウチュウと吸い、やかましいねずみ鳴きの音をたてながら今度は指をつっこんで上あごの歯をまさぐった。それから紙ナプキンで拭い、紙を歯の穴につめ、血をたしかめると顔をしかめた。それを振廻して、

「わが愛《いと》しきハナ子さんは、だな……どうもインド象の名前みたいでいかんな……ハナ子さんは下らない世間に揉まれて……男でもいい、下らない男にとりまかれてても、うまく賢くスイスイと、うん、泥中《でいちゅう》のハスや。谷間の白百合や。涙あり、笑いあり、明るくかしこくスマートに、現代女性のシンボルみたいに……」

「しかし、たとえばいま種さんが、ヒロインを汚すな、といったねえ……その、汚すというヨゴレ役ということが、僕のねらいとつながってくるなア。女のよごれかたじゃなぜ、結婚ではよごれないのかなア。種さん、結婚の本質は何かな」

「そんなことでゼニはとれんよ、サブちゃん」

雁中は微笑しながら、ライターをぱちりと鳴らしてたばこに火をつけた。雁中が口を出すたびに僕の自尊心は日蝕のようにじりじり食われていった。僕はこんなやつらのために、誰がまじめな顔をしてやるもんかと思って、とってきおきのやさしいほほえみをたえず浮かべていた。

「さあ一つ、足もとから考えてみよう」と種岡が大声でいった。「ハナ子さんの家庭

からはじめよう、どんな家庭でもいいが――清潔な家庭でなくちゃならん。ハナ子は高校くらい出て、勤め人の兄貴に学生の弟か妹がいるか。停年ま近の課長クラスの親爺がいいな、商人じゃハナシの的がそれちゃうからな。課長は部下の若い男を家へつれて来て――」

そんなハナ子さんなら幾通りもつくれる。電子頭脳のボタン一つで出てくる。今では個人生活の厖大な資料はすべて穿孔されたカードにおさめられ分類され配列されて、精巧な答えをみちびき出されるのを待っている。生年月日、学歴、経歴、出身地はもちろん、思想調査、支持政党、政治色、家族関係、性関係のすべてに至るまで、ガッチリと掌握され登録されている。だが僕の「女の学校」はそこから洩れた部分でつくりあげようとしているのである。どの網目にもかからぬ部分。

「たとえばねえ、内幕ものというドラマのつくりかたがあるわな」と僕は健気《けなげ》に反撃した。「たとえばこれは人生の内幕ものにする。組織や産業界の暴露ものがあるように、これを人生の暴露ものにする。ここでは、もう一度人をその前に立ち止まって考えさせることを促すような、事件を設定する。結婚だとか、純潔だとか、愛とかのイメージについてホントの意味を……たとえば、結婚とは税金の控除をみとめられる性交にすぎぬという結論がでれば、それはそれでかまわん……」

「冗談いっちゃいけない」

とまた、雁中はさえぎった、「そんな結論はシニシズムであってマンザイズムじゃないからねえ……そして女の子向けドラマに漫才的要素は必要だとしてもシニシズムは関係ないからねえ」

僕はもう闘志を喪失していた。

「じゃ、僕のシノプシスはもう、あかんねえ」と僕は原稿を引きよせて呟いた。

「何だか、いつもみたいにイキイキしてないよ」と信ちゃんが白い細首をふりたてた。

「いや、いい点もあるよ、小さいエピソードには面白い事件もあるよ、来週もう一度検討しよう、北林君」

雁中は慰めた、彼が僕の姓を呼ぶときは、オトトイコイ、というしるしだった。

解散して僕らはそれぞれ次の仕事に別れた。

美神舎を出て下降するエレベーターにのり、となりのビルのテレビ局の最上階へまた、エレベーターで上昇するあいだ、僕は、この世にホンモノのドラマなどというものが果たして実在しうるかどうかを疑った。「花本さち子」のハナ子さんが、血や肉をもった人間としてどうやって生きうるか？

僕は息苦しくなり、エレベーターから釈放されるがはやいか、廊下のつき当たりの窓へ寄って、十三階の空の空気を吸おうとしたが、――窓は二重窓だった、冷暖房の必要から、しっかり閉ざされていた。僕らは空気さえ、肺に必要な、わずかばかりの空気さえ管理されているのである。

テレビ局では僕の台本を大幅に改悪、もしくは改正していて、そのOKを僕からとりつけたがっていた。僕は目をこすった、まるで支離滅裂、まるで見もしらぬものになりかわっている。ただ一ヵ所、元のところがあると思ったら、僕の名前だった。

ここの番組の演出者が、僕の来たのをきいてやってきた。四十恰好のつやつやした血色のいい顔の、体も声もまるまるした男で、陽気で面白かった。「とにかく、もう、何やら、さっぱり、なんしろ、その……」など意味のない言葉をさかんに連発しながら、ニコニコしてどんどん脚本を改悪してしまうのだ。でもあまりいままで表沙汰にならないのは、ギャグの多い喜劇だし、役者のせいか何のせいか（もしくは改悪のおかげでか）いい効果を拾いあげたりすることもあるからだった。ああ、でもこんなところでゴテたってだめだ、「なんしろそのさっぱり、とにかく……」などとアメをしゃぶらされて、うやむやになるだけである。

こんなところでいちいちおどろいていては、台本屋でメシが食えない。もっと僕は、プロメテの勇気が要るところで怒ることにしよう、あの岩につながれてもなお屈しない、男の勇気がいるところで。本ものの場所で怒ろう。「愛妻印魚焼き器」提供するところの、「お笑い太平記」などで怒るのはやめにしよう。

僕は三階下降して、こんどはラジオ局へとびこみ、プロデューサーと女アナウンサーと一緒になってディスクジョッキーの選曲をする。しばらく話しているうちに、気がついたら朝からメシを食うのを忘れているのだった。で、三人で連れ立って地階の食堂へゆき、僕はとうもろこしのスープと豚カツをたべ、あとの二人は何やら注文しかけたところで、局内の拡声器から呼び出しのアナウンスをうけて、「じゃ、たのむよ」とそそくさと立ってしまった、どっちをむいても十分とむだバナシをしていられる余裕のある奴なんか、ひとりもいないのだった。

一階のコーラ・スタンドでコカコーラを立ち飲みし、電話を三つかけていると、同業のライターが通り掛かった、僕は彼の妻となった元女優がちょっと好きだった、彼に彼女をとられたように僕は感じさえしたのだった。

「奥さん元気かい、坊やは？」

と僕はお愛想をいった、そしてこんなに愛想よい僕自身にたいして、にぶい辛さをかんじた。

彼は仕事がへったとこぼしていたが、この春にある賞をもらったので、ギャラをあげたがっているという噂だった。どっちも口早に仕事のこと、麻雀のこと、研究会と称する飲む会のこと……等々しゃべってわかれた。僕はひどく疲れてしまった。こんな日にこそ、藤波の家にいっていっぱい飲ましてもらおう。まっすぐに郊外へ行き、藤波の離れへむかった。玄関のドアがあくので、さっさとはいった。と、僕の鼻先を横切って青い七分ズボンをはいた少女が右手のキチンへ入った。とまた、しばらくしてペタペタとスリッパを鳴らして出て来たが、こんどは大きなコップになみなみと牛乳をみたして両手にもち、僕の鼻をかすめるほど間近く通った。行きすぎてから首をねじまげて僕をみた。可愛い子だが、

「あんた、誰？　なぜそんなところにつったってんの？」

僕はおろし金で顔を逆なでするような彼女のいいかたにむっとしたが、おとなしく答えた。

「空巣じゃないよ、僕は」

「じゃなぜ、そんなところでじっとしてんの？　ホテルなら入口はあっちよ」

「藤波らはどこへいった？　類子さんはるすかい？」

僕は勝手に台所へ行って、勝手に戸棚をあけて酒をまぜ合わせて飲んだ。

「見たらわかるでしょ」

彼女はうさんくさそうに僕の後姿を見ながら、戸口にもたれて牛乳を飲んでいた。

「君は誰やね？」

「類子の友達よ」

「ホテルの常連かと思った」「何ですって」

だが僕は人恋しくて、見もしらぬ女の子にせよ、ケンカはしたくなかった。

「ごめんよ、……ねえ、何か酒のサカナはないかなア。そこの冷蔵庫あけてみてえな」

彼女は柳眉を逆立てるという感じで、冷蔵庫のまえに立ちはだかった。

「何もないわよ、あたし、厚かましい人大きらい。あんたは厚かましいわね」

「さよか。――なら、何ぞレコードないかなあ。音楽でもサカナにして……」

「おあいにくさま。英会話ソノシートと、ケネディ大統領就任演説しかないわよ」

「バカヤロ、そんなもんで酒が飲めるか」

僕はとうとう、一日ぶんのむしゃくしゃを爆発させ、カッとした。

「下手《したで》に出りゃ、つけあがりやがって……お前さんは一体、内親王さまでもあるのかい」

3

春《はる》の家《や》渋六《しぶろく》は鏡に向かって人さし指と中指をそろえ、鼻下のチョビヒゲをノリでピタピタとくっつけていた。とみこうみして、弟子の青年に、

「ええか？」

と顔をふりむけてきいた。青年はうなずいて茶を汲んで出した。都家七三《みやこやひちさん》はもうドーランも塗り終り、椅子に坐って身振りをまじえながら大きな声でしゃべっていた。彼は渋六の二倍もある大きな体をしていて、昔はふさふさとオールバックにしていた髪も、スダレのように薄くなっていたが、渋六が好人物らしく気の良さそうなのに引きかえ、七三のほうは眼つきするどく、いまもなかなか、利かぬ気をあらわしているのである。

ほかの出場者の漫才師たちも、てんでにドーランを塗ったりカツラをかぶったり衣裳をつけたりしていて、広い楽屋うちは足のふみ場もなかった。僕は台本を丸めて叩

きながら、渋六たちをくどきおとそうとしていた。彼らは往年の名コンビで、長く離れていたが、素人の自慢芸の時間の審査員にひっぱり出されて、久しぶりに顔を合わせたのだった。で、視聴者は珍しい彼らの漫才をききたがっていた。尤も、彼らの全盛時代といっても僕は彼らの漫才はレコードでしか、知らなかった。「ほんのちょっとでも、見本的に。——ぜひひと言でいいからきかせて欲しいですね」

七三が鋭くさえぎった。

「金もらわな、漫才できるかえ」

「そういうこっちゃ」

と渋六もあとをうけて、昔の黄金時代の白熱したやりとりを、ちらりとのぞかせていった。彼らはもう一緒に舞台へ立たなくなっても依然として芸人の世界では大御所で、いまうり出しの浪花家蛾太郎・浪花家蝶々なども、大先生の前では小さくなって、タタミへ坐り、彼らの足もとで彼らの話を拝聴しているのである。時間がくると、七三はさっさと出ていったが、渋六は中風で歩けないので弟子がうしろを支え、舞台へ出るときは若い衆の手をふりきって別人のようにしっかり歩くのだった。僕は時間をみながら素人の出場者に注意をあたえたり、司会者の蛾太郎や蝶々とこまかい打ち合わせをしたりしてとびあるいた。ディレクターは審査席に何か合図していた。

僕は、この「漫才教室」の構成をはじめて半年になる。僕は思考のクッションになる、こんな構成モノが好きだった。かなり抱負も熱意もあって出発したが、いま片方で一向はかばかしくない「ハナ子さん」を抱えているとすこし疲れてもきた。以前の僕だったら、渋六や七三に食いさがって、ちょっとでも噛み合わせてみるよう、工作したのだが。

公開放送のホールは満員で、うしろは立って見ている位だった。司会の蝶々も蛾太郎も、僕らの意を体して渋六たちにケンカさせかみあわせようとしているらしかったが、二人ともしたたか者で、わざとそらしてばかりいる。だが、三十分は破綻もなく終った。

「お疲れさま」

局のアシスタント・ディレクターたちが楽屋へはいってきて、ギャラをくばってあるき、ついでに僕の肩へ手をおいて、「ごくろうさん」といった。僕はタバコを吸ってぼんやりしているあいだに、渋六も七三も帰った。

こういうふうにして、きちッとまとめ、コマーシャルを前後につけて売りに出す。売りものの買いものの商品として、どうして僕は「ハナ子さん」を手放せないのだろう。

昨日の企画室ではひどいことになった。種岡なんかに到っては、

「〝結婚作戦〟っていうのはどうかな。〝女の学校〟ってのは重いもの。俺はあくまで、シリアスドラマは反対やな」

結婚作戦や結婚案内、愛の手ほどき、女の航海、何かとひとしきり題が出たが、それはよろしい。だが彼らのこねあげたハナ子さんはけっしてつまずかない、失敗しない、無垢で純真な少女になった。

「だめだ、だめだ」僕はもう、ほとんど悲鳴にちかい声をあげぬわけにはいかなかった。

「どうして失敗してもまたおきあがり、傷ついてもまた屈しない、という女の子ではいかんのかね？　観客はねえ、もう、たいがいありきたりの筋は食傷してるよ、うんざりしてるよ。彼らは悪はほろび善はさかえる結末にじれじれしながら、こんなところに真実なんか、ほんのちょっとでもないんだと承知しながら役者の顔をみてるよ。ほんとうの意味の純粋無垢とはどういうことかを、傷ついたヒロインの姿から学ばせる、するとハナ子さんは、かつてブラウン管に出たどれよりも、愛される乙女になると思うんやがなあ」

「見るほうは気楽な立場でみたがるからね」

と雁中が例の、何ものも容赦せぬ強固な粉砕機で僕の意見をがりがりとつぶし、平らに押しならしながらいった。

「視聴者はねえ、主人公の悲運の重みをせおうのなんぞマッピラだよ。自分自身の分だけでたいがい重いからね」

僕はハナ子さんにバス車掌か、もしくはそれに類似した職場をあたえていた。一生けんめい生きている、つつましい、あかるい、けなげな娘。どこにでもいる町の片すみの娘であるが、たとえ彼女が人生コースの最初でつまずいたとしても、それは彼女の勲章になるような、チエと勇気のある娘。

「それはいかんよ、サブちゃん」

と信ちゃんがいった。「××紡績のイメージとしては、だ、明るいBGモノがぴたりだといってるのでね。まだ終局的におしつけてないけど、新しい独創的な、しかしいかにも、BGモノ風でなけりゃいかん」

「つまり、手の汚れていない娘たちか。機械油や金勘定で手を黒くしていない、お茶汲みと化粧のほか、取得のない……」

「僕らは中流階級《ミドルクラス》からそれられん運命でねえ」

と雁中がいった。

「それにね、サブ、気をわるくするなよ」

雁中は、木目のある卓を、手入れのゆきとどいた爪で叩きながら、「君の、その冒険的な——いや失礼、その独創的な物語《ストーリー》の骨子を、僕らはスポンサーにどう売りこむかね？　何の範疇《はんちゅう》に入れられるドラマというのやね？」

僕もトーシロではなかったから、すぐわかった、彼らの困惑が。

だから僕が、反駁《はんばく》したのは、あとで自分自身に対する弁解のためだけだと自認してもよい。

「だからよけい売りこみやすいのとちがいますか？　全然あたらしいジャンルのおハナシということで……」

「それをするのならねえ、ベストセラー小説とか、よっぽど強力な作者とかでないとむりやね。あははは。サブちゃんやから、こんなふうにあっさりいえるのさ」

まさに必殺のパンチ。「ところでねえ、清く明るく美しく、というイメージを花本さち子に象徴させてみて、現実に君、ヒロインを汚して台本《ほん》が書けるものかい？　それにやね」

どうしてこの男は、こんな柔媚《じゅうび》なもの言いをしながら、ズケズケ言いの印象をあたえるのだろう。

「視聴者たちは、決して汚されたヒロインに興味はもたんよ。ヒロインを誰がモノにするかという興味をエサにして……なに？　柄がわるい？」

雁中は柔和に笑ったが、実のところ、彼が何をしゃべってもガラのわるい印象を与えたことがなかった。却って、種岡などはどんな高尚なことをしゃべってもガラがわるくきこえるのである。種岡がいった。

「僕はコメディふうにしても、なかにシリアスなものをちょいと盛れると思うけどな。知らん顔して一杯くわせるという手……」

「でも、あんまり正面切って構えへんほうがええな」と信ちゃんがいった、「この前の〝美貌の夜〟ね、あんまりマンネリだというのでちょっとまともな筋に手を入れたら、たちまち視聴率が三パーセント下がったよ。あわててまた新しい役者を入れてぐっと荒唐無稽なメロドラマにしたら、またもや視聴率はあがったね」

……………

僕はホールを出、局がわの男たちとパーラーで来週の打ち合わせしてからエスカレーターで下へおりた。

僕の前を、猛烈な印象の帽子が静かに下がっていた。それは非常に大きな、まるで中世の市女笠《いちめがさ》みたいに大きな漆黒の、つやつやしたストローハットで、あんまり鍔《つば》が広すぎて、かぶっている女の肩も隠れる位だった。帽子にはほんものの笹ゆりやりんどうや夏菊やさくらんぼがいっぱいつけてあった、まるで黒い花籠を頭上に頂いているようにみえた。エスカレーターを捨てて青い床をあるき出した女は、「現代人形展」の会場のロビーへまわった。ちょうど僕も、そこへいこうと思っていた所だったので、ずうっと彼女のあとをつけることになった。その女は、さして背は高くないが大きな帽子が決して不釣合ではない。服も手袋も黒で、足音もたてずに歩いている。

ハナ子が、ついに真実の恋にめぐりあう、というのが僕の夢のシノプシスだった。僕は「恋人を抱いて夜あけの白む窓をみる幸福」というようなことを恥ずかしげもなく考えていた。あの牢固として抜きがたい百合子の笑い声に毒され脅かされながら、自分自身でもはずかしい思いで目もくらみそうになりながら、しかし僕ならハナ子に、愛や真実や性の片鱗をつかまえさせてやれるかもしれぬという希望があった。僕は結局、オトナコドモにすぎないのだろうか？　ハナ子が純潔を失ってのちも、より一そう純潔になり、愛をみつけること、正直で一途な生き方と、幸福がうまくクロスすることを信じているのだろうか？　まて、エピソードで釣っていこう。ハナ子のまわりをともかく面白い、人間くさい奴で固めてリアリティを持たそう。

僕は会場へ入ったが、そんな考えで一杯になっていて、陳列してある人形には注意を払えなかった。

二三日前、僕はこの人形展をみるように類子からいわれていた。ちょうど公開放送のあるホールの真下だったので、時間があれば寄ろうと約束した。久須田紅子が出品していたからだ。

あの日、僕と少女がにらみ合ってるところへ、類子夫婦が、芦有《ろゆう》道路のドライブから帰ってきた。類子は、僕に、彼女は人形作家でもうひとり立ちしている、なかなかセンスがある手芸家で、久須田紅子だと紹介した。

紅子は僕よりずっと若かったが、しかしハタチはすぎており、それでも類子や百合子の中年増に慣れていた僕には、ひどく少女少女してみえた。

僕らは食事をはじめた。紅子がひどくつんけんしてみえたのは、慣れてみると、そういうものの言い方が癖になっているのだとわかった。彼女は藤波にも類子にもそんな口の利きようをした。

真黒い繻子《しゆす》を切りそろえたような、オカッパの頭をして、彼女がうつむくと、髪は扇のように肩から下頬のあたりへひろがった。すこし歯が出ているのか、彼女がぼんやりしていると、小さい唇から前歯が二枚こぼれた。

「セシル・オーブリーに似てるよ、この子は」

藤波がフォークで紅子をさしていった。僕も紅子もそれがどんな女優か、知らなかった。

「戦前の女優なの？」と紅子はきいた。

「いいえ、最近のよ」

類子は答えた。「終戦後に出たわ」

「そんなら大昔やわ」

と紅子は何気なく無邪気にいった。僕もそう思っていた、ところが類子はいやな顔をした。

（はからずも、ちょうど対抗の組ができて、それからは僕の藤波らを訪問するたのしみは増したのだった）藤波がバナナを食べながら文句をいう、「類子、よっぽど値切ったな。このバナナは当節のお嬢さんみたいだぜ。一ト皮むくとキズモンが多いや」

「まあ呆れた」

「とんでもない野郎じゃないこと」

と類子と紅子がかんだかく叫ぶ。きゃっきゃっといいながら男のワルクチをはじめる、と、僕と藤波は女のワルクチをいう、こんどは藤波の家に出入りをゆるしているガラガラ声の右翼ボーイのワルクチを、僕と紅子が言う。その右翼主義者たちは、「大和《やまと》地方皇居誘致運動促進連盟」なんかをつくっていて、なんかかんかいっては藤波から小遣い銭をまき上げていくのだった。しかし藤波と類子は右翼ボーイ連には寛大だった。「あの子たちいいとこあってよ」などと類子はかばうのだった、それは戦前からアップアップして生きぬいてきた藤波と類子の世代の趣味だといったり、戦中派の最大公約数は感傷だといったりして僕と紅子は、藤波らの世代をからかうのである。とにかくそういうわけで、いろんな風に組合わせをかえて楽しむことができたのだった。

その夜、ラジオをつけると気楽な音楽が流れて来たので、

「踊れへんか?」

と僕は崩れた大阪弁で誘った。もちろん紅子にいったのだった。藤波はホテルの帳場へでかけてゆき、類子は二階へあがってさっさと眠っていた。

紅子はうん、と立ってきた。丸テーブルやら太鼓椅子をのけて僕らは踊り出した。ワルツだったけど、彼女はぎごちなかった。敷物につまずいてよろよろし、僕の胸により掛かったが、僕がつよく抱きしめたものだから、ぐっと腕をついて頭をのけぞらせ、「だめよ」と眉をしかめた。

「アレの前なのよ、あたし。だからお乳のさきがとンがってて痛いの。気をつけて頂

戴」

僕にそんなことをいった女って、紅子がはじめてだった。僕はだまっていたけれど、強い好意を感じた。僕は、僕のせまい世間、スポンジみたいな頭では考えることのできないめずらしい言葉のコレクションが好きだった。

それで、ふと、ハナ子のイメージに紅子を重ね、ちょっと前歯のこぼれた可愛らしい出歯の紅子のアウトラインをつかもうと興味をかきたてられた。

何どもあううちに、僕は、紅子となら笑い出される心配はないかもしれぬと考えている自分自身に気付いて愕然とした。

そしていつか、僕がある夜、そういう愛の儀式をもてること、そのことへの確信が、「ハナ子さん」のドラマの成功の確率へかかっているような錯覚に自身気付いたとき、もっと愕然としたのだった。

人形には華麗で優美な、人形らしい人形もたくさん作られてはいたがまたひどく風変りなのもあった。たとえば久須田紅子作「慟哭《どうこく》」となづけられた人形。率直にいわせてもらうなら、いかにもひどいしろもので、うつむいて歩いているうち、下に落ちているものを見境いなく集めて縫いつけたようなオバケみたいな人形であった。そこには売約済の赤札も何とか賞の金紙銀紙も貼られていなかった。

一巡して戻ると出口に、さっきの黒い帽子の女が立っていた。こんどはまともに顔がみえた。紅子だったので、あっと思い、

「君のを見たよ」

と寄っていったら、紅子は驚いていなかった。

「さっきみたわよ。あんた、あたしの作品にびっくりしてたわね」

彼女はくすくす笑いながらもう一度僕をつれてゆき、説明したがった。

「この慟哭は被害者の慟哭なのよ。いためつけられ、ふみにじられたものの魂のうめきを形象化したものよ。マテリアルの荒々しさでそれを出そうとしたの。人形の赤髪は無辜《むこ》の血の具象化をねらったんだわ、身をねじり、手をふりしぼって天に向かって悲嘆愁訴しているこのいたましい顔に……」

僕はあわてて目をこすったが、やはり人形の頭は（もし、その一部を頭と云えるならば）のっぺらぼうで、顔なんかなかった。

「苦難と忍耐の苦しみ、あきらめがでてるでしょう。――死に対し愛に対し、戦争に対し、あらゆるいつわりに対し、あらゆる非人間的なものに対し、この慟哭は告発してるのよ」

僕はあわててよく判った、とおしとどめた。それからおざなりの批評をすこし云って、そのあんまりな見当はずれと見識の低さで、紅子の軽蔑を買い、僕の目的であった、彼女を黙らせることに成功した。

しかし、会場を去るまぎわに、僕はちょっとふり返った。と、例のオバケが、ほんとに身をよじり、手をふりしぼって悲しんでそこに立っていた。たかだか三十センチほどの、針金と綿とワラ屑でできあがったごみくずがそういわれればそうでないこともなかった。僕はたのしい期待をもった。

これはホンモノで、インチキでないことになるかもしれぬぞ、とうれしかった。それに彼女は美しい娘だった。

パーラーでコーヒーをのんでいるとき、彼女はのんびりと、その見事な帽子からぬき取ったサクランボを僕にくれた。僕たちはそれを一つずつ食べた。

4

僕は藤波のうちでハナ子の話をよくしたので、いくと、「ハナ子さんはどうしてるの」と、類子は面白がってきくのだった。僕は「整形手術してるよ」とか、「いま、ふて寝してる」

とかいうのが、僕らの挨拶代りになった。

「全くワケの分らん連中が多いんや。どうしたらええのかなア」

僕は、だが、まだ投げないでいた。この頃はまだしも純情だったのだ。

「あたしの考えじゃ通俗小説なんてツリ針と一しょよ」と類子は嬉しそうに説明した。彼女は玄人が素人に向かってするといったような説明が大すきだった。「先をちょっと曲げればいいの。つまり、すこし上向きにあげとくのよ、希望と向上欲のラッカーを吹きつけとくの。色んな苦労したけど、しかし私はくじけなかった、とか、試練と苦難の末、やっと恋人のハートを手に入れたとか、ヤットコで最後をきゅっとねじ上げとくのよ。でも純文学では縫針みたいに下げっぱなしにしときましょう。——あたしはいまでも書こうと思えば書ける気がするわ」

「なぜ書かないの？」と紅子がきいた。

「そうね、飽いたんだわ」

と類子は無造作にいった。

僕が藤波や類子を理解しやすい気がして来たのは、そのころに藤波が話したちいさいエピソードのせいである。

「僕の友達の話だがね」藤波はちゃんぽんの大阪弁でいった。「中学生の時分や。電車の中で、母親に背負われた赤ん坊がにぎってたパンを、もぎとって食ったそうや。赤ん坊は火がついたように泣き出した。食糧難の時分でねえ、みんな腹が空いてたからむりもないけどさ。母親はカタコトの訴えをきいて怒った。まわりを見廻して口やかましく叫び立てた。そいつはどうしたと思う？　冷静に車の中ほどへもぐりこんで隠れてしまった。そうして口を動かさずに長いこと、ニチャニチャとパンの味を楽しんだそうや。それは味つけになってて、あんなうまいパンをそれからも食ったことがないって、いうんや――どうもその思い出に中《あ》てられたせいか、そいつはオトナになっても驕慢なところが皆無やなあ。気持よくほほ笑み、愛想よく人をあしらい、誰にもへだてなしに親切やが、向う見ずなやみ雲の情熱、鼻っ柱の強さなんてものとは無縁になったねえ。奴のいうのには烙印を押されたみたいだというんだ。以後、大声も出せん男になりよったよ。つまり、味つけ渦巻パンに金玉を握られてしもた、いうこっちゃなあ」

紅子が彼女独特の愛くるしい冷笑をうかべていった。

「ちょいと、その中学生て、藤波さんのことじゃないの？」

「ああ、そういうことは思ってても云わんもんだ」

みんな、あははと膝を叩いて笑いくずれた。僕も笑った。しかしへんに心にひっかかった。

とにかく、そういう怪体《けったい》な話ばかりきかされて、世間のコンパスではとどかないひろがりが、すこしずつ僕のあたまを狂わしはじめるので、冷静に考えたらとても正気の沙汰と思えないようなことが、当然みたいに思えるのだった。ある晩なぞ……ああ、その前に僕らが、理解できると信じたときに、やっぱりするりと手のうちからぬけ出してしまう、不可解なところが藤波や類子にはある、それをもついでにいっておこう。

類子には肉体に関する羞恥心というものがあんまり、というよりほとんどなかった。いつか彼女は「あたしは裸体主義よ」といっていたこともある。あるとき僕らが居間で雑談していると、けたたましい声で類子がトイレットから藤波をよび立てた。彼女は自分で云うには閉所恐怖症だそうで、自分の家だったら、決して便所のドアをしめないのだった。それによく便秘するので排便が困難だととても怖がってどうしても便所の戸をしめたがらなかった。

藤波がいってみると、類子は便器にうずくまって泣いていた。「どうした？　僕の可愛いおばちゃんよ」

「あたし、体じゅうがパーンと破裂しちゃいそうだわ。出そうなのに出ないのよ。お願いだから手をにぎってて頂戴」

藤波はまたかという顔で、「大丈夫、大丈夫」といった。

「あたし怖くって目の前がまっくらになるわ」「がんばって。大丈夫、破裂なんかしないって、阿呆……」

類子は太い首まで真ッ赤に気張り、涙と汗で顔じゅう濡らし、藤波の手に爪をくいらせるほどかたくつかんでがんばっている。類子の緊張がだんだんたかまり、頂点にたっして破裂しそうなのが感じられる。彼女はおそろしい叫びをあげる。トイレの窓ガラスが共鳴してビリビリと鳴り出しそうな叫び。きいているこちらまで汗びっしょりに息をつめて。

僕と紅子はとうとう庭へ逃げ出してしまうが、やがて客間へはいってきた類子は、まだ目に涙を浮かべて、それでも冴え冴えした顔で、「ああ、すっとしたア」なんていいながらもどってくる。藤波も手を洗って入ってくると、なんのこともなかったように煙草をふかして新聞をめくっているのである。

僕はふたりの在りかたを決して軽蔑するのではないが、ああいうふうに扱い扱われることが、もし、僕らの場合だったら（僕と紅子だったら）、どんなに人間関係をいびつにさせるだろうと思わずにはいられなかった。こういう形で、人間の狎れをたしかめるやりかたが、僕らの年頃なら却って仲を悪化させる触媒となる。僕はよく、玄関のソファで泊めてもらうことがある。朝、洗面所にいると類子が寝巻きをきて、（よく眠れた？）とか何とかいいながら下りてくることがある。くしゃくしゃの頭をナイトキャップで包み、そして歯をみがく時、彼女は傍若無人な凄じい水音をたてるのだった。僕はいつもその音をきくと、長いこと人生を生き「すれ」てきた人間の、猛々しさをかんじたものだった。さて、ある晩、僕と藤波はとても酔っぱらっていた、……そしてこれもそれぞれ酔っぱらった女たちをそばへひきつけて野卑なことばかりいった。しまいに僕がトイレに立つと、藤波も髪をなでつけながらあとを追ってきた。僕に妙なあごのしゃくりかたをして、「どうだい？　今夜はちょっとわれわれのプラグをちがうコンセントにさしこんでみようじゃないか」そこで僕らがげたげたと笑いながらとって返し、女たちにそれをほのめかしたら、類子がまっさきに嬉しそうに笑い出した。それは彼女が自分からはそれに応じたいと意思表示しないまでも、僕らから強要されることをのぞんでいたしるしではないかと思う。あるいは暴力類似の行為で、僕らに征服させられるのを望んだのではないかと思う。——どころか、彼女はくすくすと気違いみたいになって笑いながら、二組が同室でなきゃいやだなどといい出すしまつだった。類子は「まあ、いやだわ、男の人って何を考えるんだか、わかりゃしないのねえ、ほんとうに呆れるわ、ちっとは恥を知るものよ」などといいながら、顔を薔薇いろにぴかぴか光らせ、上ずってわらいながら藤波に何かささやいた。——ところが紅子ときたら、金切声をたてて、あんたたちはナメクジみたいだ、と叫んだ。それから別室へはしりこんで中から錠をおろして泣き出した。で、僕は藤波から合鍵をうけとってあけようとしたが、酔ってるので手許がふるえてガチャガチャとやるだけだった。やっとあけて中へはいったら紅子は窓から逃げ出してしまっていた。庭の繁った木かげでつかまえ、そしたら僕の拳に思いきりかみつくものだから、もう決してコンセント遊びなんかしない、とおごそかに誓わせられる始末だった。彼女の烈しい息使いは、なぜか僕に目のくらむような動悸をかんじさせた。

「あの人たちは恥知らずよ」と彼女は激しく啜り泣いた。

「そうだ、僕らはあんな奴らとはちがうんだ」

と僕は紅子にささやいた。それから、ちょっと話がうますぎるぞ、と考えてぎょっとした。彼女はあの、彼女がつくった人形、「慟哭」をほうふつとさせる恰好をして、泣いていた。僕のほうはまた、いつか僕がどこかへ書いたやくざな台本をほうふつとさせることばを喋っていた。

（このインチキめ！）

「……僕らは、あんな恥しらずな年寄りにはけっしてならないよ」

これを僕は彼女の髪を撫でながらいった。彼女は少し僕が抱きやすいような姿勢になって僕の言葉をきいていた。僕は彼女にほんのすこし仰向かせて接吻した。ちょっと不安な気分のかげりを感じながら……彼女があまりに僕の接吻しやすいような姿勢をとった不安。

そして僕の会話が、いつかそのドラマを放送した若い役者のアクセントのそれと、同じであることを思い出した不安……（なぜ僕はせめて、なろうことならそのセリフを、大阪弁で言わなかったか？）

でも僕らは満足して、手をとりながら藤波の家を出た。二頭のやさしい野獣のように音もたてず、黒いかげを引いて山坂の道をゆっくり下りていった。――時々、冴えた夜の雲を何かに見たてたり、こまやかな星の輝きに見入るために立ち止まるほかは。

僕らは愛しあってるかもしれないと感じ、時々はその考えに僕は欺されるふりをしながら、しかしいっぽうでは、もし紅子と寝ても彼女は笑わないかもしれないが、たとえ笑ってもそれはもう僕を、苦しめもしないだろうと漠然と思った。それは百合子の場合よりももっとわるいことだった。

そしてその考えは、もっとわるいこと——ハナ子さんを見事にたち直らせる力が、彼女が傷つきつつもけなげに人生を渡ってゆくような状況が、現実にはけっしてあり得ないだろうこと……清くあかるく美しく、の偽りの人生しか、僕らはつかまえることができないだろう。なぜなら真実自体が、もうこの世には消失しかかっているのだから、という戦慄すべき予感を伴って、僕の心の海を、雨のようにうち叩いた。

だが、まだそれは底ではなかった。

ある晩、僕は国枝と会い、彼は車を持っていたので、駅まで送ろうといってくれた。

僕は、僕の下宿のある駅とちがうほうをいった。

「寄り道するのか。送ってやろうか」と国枝はいった。

「M町の越谷山。遠いから××駅までで、ええわ」

「M町。藤波のうちかい」

国枝は知っていた。

それから妙な笑い方をした。僕はとうとう、きかされずにはいられぬ羽目になった。

「藤波はどうして金を作ったか、知ってるかい」

僕は知らなかった。

「あいつはねえ、女を世話してるよ。アマチュアの女をね。知らなかったのかい」

僕は知らなかったといった。国枝は藤波の噂を話した。破産と成金のあいだをいそがしく往来し、一時は何処かの政党に入りもし、また最後に無一文のルンペンになり、レールのように痩せ、それからのち、しこたま、金をにぎった。

なぜそれだけ儲けたか、誰も知らなかった。(おそらくは住民登録にも書きこめぬほどの恥ずべき醜業によって、と思われる)いまでは藤波はでっぷり太ったし、いかにも善良な市民づらをしているが、税金をはらわないアルバイトの収入は大きいはずである。

僕はいうべきことばがみつからなかった。やっと、いった。

「じゃ、藤波はそうとう貯めたろうね」

「さあね。中には、あんなにヤクを打ってりゃ、年中ぴいぴいだろうという者もある」

「そりゃいかんなあ。やっこさん、ヤク打ちかい?」

「知らんね。昔はともかく、今はしらんよ」

僕もそうだった。僕もそんなところは見たことがなかった。だが僕の心の中のぬり絵から、少しずつ、藤波の色がはげてゆく気がした。

十三大橋《じゅうそう》にかかると、国枝はほんのつけたりのように、ゴシップ欄で読んだ記事でもしゃべるかのようにいった。

「僕は前に、あの男の世話でねえ、なかなか面白い女と会うたことがあるよ。越谷類子いうてなあ。君知ってるやろ。いま、藤波とこに居よる。あれは君、なかなか……おもろい女やったで」

5

「いいことを思いついたよ、サブちゃん」

と雁中は薄紫色のソファに身を埋めて、にっこりした。

「僕はねえ、群像として出すことを思いついたよ。そうやろ？　そうすると、君のいうストーリーも、そのなかの一人にはめこむことができる。〝結婚作戦〟でいこう。ああしかし、ヒロインはやっぱり綺麗で、無垢の女の子でないといかん。どや？　この考えで、あちらも立てれば、こちらも立つ」

「うまく考えましたね。──でも……またか、と思うなあ」と僕はいった。

「なんでや」

「いま、それぱっかりでしょう？　記者ものもサラリーマンものも……」

「そこで、この四人、四人組にしようと思うがねえ。青春群像。いっしょに高校を出たお嬢さんたちが、それぞれどんな恋愛をし、どんな結婚をするか、君のエピソードにはなかなか、面白いのがあったよ」

「僕は……しかし、そうですね。青春群像はどうも……ぞっとせんなア」

「君がいそがしければ、何なら……」

と雁中は耳を掻きながらいった。

「何なら、おりてもいい、いうこと？」

僕も笑いながら、煙草をとり出した。

「いやいや、きついねえ」

雁中は笑い出した。

「ハナ子さんはひとつ、君にまかせるよ、君の若いフレッシュな感覚でひとつ……ところであとの原案が、ここに三人ほど出てるがね。仲よし四人組ではどうかな、多いかな」

「どれ、どこです」

僕は企画書をのぞきこむ。僕はきっとおりないだろう。僕は、四人組の中心のハナ子さんを明るくお茶目な上品な愛すべきお嬢さんに書くだろう。賢い恋愛をし、金持の男をみつけさせるだろう。そう思いながら僕は、おれもずいぶん、呵責の念とやらを使い減らして、つややや弾力を失わせてしまったもんだなあ、と考えた。

僕は第三話まで書き、制作者側に提出してOKを取った。仕事は軌道に乗った。しかし僕の中での試合は終了してしまったのだ。まさに完敗。まさに「便利屋」の面目躍如たるものだ。

そのころ、類子から電話があった。

「どうしたの？　ちっとも来ないじゃないの？」

と彼女がいった。僕はみじかくいった。

「ええ。忙しくて」

「ハナ子さんはどうしていて？」

「ハナ子さんは——どこかへいってしまった」

「あら、あの話、流れたの？　それともあんたおりたの？」

「いや」

あの僕の愛児は、骨をぬかれ舌を切られ、目をえぐられ、耳をそがれて、便所の床に据えられ、酔っぱらい共の小便をぶっかけられてしまったのだ。まるで古代中国の刑罰みたいに。

「あんた、紅子に会う？」「いや」

類子はそのことがいいたかったらしくて、

「どうして紅子に会わないの？」

僕は黙っていた。あれは何かしらインチキくさい、それを彼女に説明してもわかってもらえそうにも思われなかった。

「紅子、気にしてるわよ。一段落したらいらっしゃい」

「僕も話がある」

僕は思わず云ってしまった。

「紅子に？」

「いや――君に、よ」

「いいわ、今晩はうちにいるわ」

僕は藤波に会いたくなかったので、おそくに越谷山へでかけた。

類子の部屋はひどく乱雑で、雑誌や新聞がじゅうたんの上に、すき間もなく散らばっていた。椅子の背という背にはカーディガンやブラウスが投げられてあった。ごたごたとものをつみあげられたテーブルの上には陶製スタンドがあった。黄色い絹張りのシェードがとろりとした飴色に透けて、中のまるい電球を光る飴のようにつつんでいた。

僕はカーコートに身を包んだまま、あいた椅子に腰を下し、黙って煙草を吸ったが、類子はひっきりなしにしゃべりながら、部屋の端から端へよこぎった。

「まあお坐りよ」僕は、椅子を蹴って僕の前へ据えた。

「どうしたの、話ってなあに」

「うん……」

「ラジオつけましょうか?」

「いいですよ。伴奏なしでも大丈夫」

「お酒をとってくるわ」

「進水式じゃあるまいし。花火でも揚げようか」

「じゃ、あたしだけ飲もうっと。何を怒ってんのよ。お願いだから、そう、トゲトゲしくいわないでよ」

彼女は片手をくしゃくしゃと頭へつっこんで、グラスでひとくち、口をしめらせ、僕にたんかを切った。それから音をたてて、グラスを、火のたかれていない煖炉の上においた。

ゆるんだ彼女の口元には、いまにも滴りそうな酒のしずくが光っていた。

「ハナシって何よ？　あたしをくどくんじゃないでしょうね？」

「いや。……君、藤波の本職、知ってんの？」

類子は笑いをひっこめると、はだしのまま、テーブルの上の煙草をとりにきて、火をつけようとしたが、手が震えてなかなかつかなかった。僕がライターでつけてやると、彼女は薄荷《はっか》煙草のけむりを天井へ向って吹きあげてから、

「知ってるわ。誰にきいたの？」

「誰でもいい。君はそれに、藤波のリストにのったことがあるね？　さあ、こっちをみて」僕は苛酷な調教師が鞭を鳴らすようにみえたかもしれない。

「そうよ。あります。……あたし混乱してたのよ、あのころ」彼女はイライラと歩き

まわり、頭の中で何かが鳴っているのを止めようとするかのようにこぶしで頭を叩いた。彼女の顔は赤味が射して、今は醜くゆがんでいた。

「君は藤波から金をもらったことがあるの」

僕はどうしてもそこから目をそらすことができなかった。

「マージンは七三の割合だったんですもの。貰わないわけにはいかなかったわ」

「なんのために？　そんなことしたの？」

僕は青くなるのがわかった。

「あら、一度こっきりよ。二度とはしなかったわ」

類子は僕の激昂になかばきょとんとし、なかば恐怖の色をみせながら答えた。僕はむかむかした。類子のことばに衝撃をうけたというより、僕の人生に、まだこれほど衝撃を受けることが残されていた、という運命の不意うちに対する、憤怒と憎悪だった。僕は藤波の顔付きが目にみえるようだった。

(今晩はだめですねえ。明日なら都合つくかもしれませんがねえ) などとニヤニヤいっている藤波。

(そうかね？　何とかならんかねえ？)

などと頼んでいる、どこかの男。

（えーと、一人居ることはおりますがね）

（大丈夫かね？　都合つくかね）

などと取引している、どこかの男。彼の目玉は、過去から未来へつづく長い闇の中で期待と未練のオトシモノをきょろきょろ捜しまわる懐中電灯のように、あさましく点滅していたにちがいない。

「何だってまた、君は……この淫売！」

僕はテーブルに肘をついて頭を抱えた。

「あら、あんたの知ったことじゃ、ないじゃないの」と類子はいった。それから僕のそばへ寄っても、僕が手荒なことをしないとみきわめたように、おずおずと近よってきて、慰めるようにいった。「あたしねえ、知らなかったのよ。今ならそんなことはしないわ、何を知らなかったかは、あたしもよくわかんないんだけど、何かを、あのときのあたしは知らなかったんだと思うの。……」

彼女はすこし泣いた。彼女の苦痛が僕の胸にも伝わり、胸のなかがきゅっとしまるみたいだった。顔のまんなかに風穴があいたような、ヒリヒリする気持。爪の先まで冷えて目は恐ろしさに飛び出しそうだった。僕までワッと泣き出しはしないかとおそれた。類子は小娘のようにすすり泣いていた。でももう、何もいわなかった。おおむね女が沈黙しているのは云うべき言葉がみつからぬためで、深いおもんぱかりのために口をつぐんでいるのではない。女のいかなる策略も智謀も、「しゃべりたい」という熾烈《しれつ》な本能的欲求の前にはつねに無力であることを、僕は知っている。つまり類子は何をいっていいかわからなかったのだ。顔をあげると、僕の前には暗い窓ガラスがあり、どこかでみた顔が映っていた。

そうだ、僕の子供の頃、隣家の商店へ毎日やってきて、日掛け貯金を集めに廻っていた「何とか定期」の集金人。無表情で憑かれたように熱心で、仕事の外には何を話しかけても返事もしなかった。定めの金を引ったくると静かな嵐のようにでていった。

そして判コで押したようにあくる日も、そのまたあくる日も同じ時間にやって来て、黒い洞穴のような皮カバンの口を押し開き、死刑執行人の情熱で汚れた紙幣をかきあつめ、とりこんだ。陰鬱な眉をし、痩せた鳥みたいに頬骨のとんがった男。おやまあ、ほんとに僕はよく似ている、そいつに。

僕は黙って頭を抱えた。それは泣くための動作ではなかったといっても、何か、それにかわるような行為だった。僕は自分が、回春の泉を飲んだ老人のような気がした。

「ハナ子さんはどこへいったの？」

類子が、おそらくは僕を笑わそうというつもりかどうか、やさしくいった。「あたしねえ、よく考えてみると、大庭百合子があんたを連れてきたときに、ひょっとして、すぐあんたを愛したんじゃないか、と思うときがあるのよ」

「ああ、そんなこと、いわんほうがええで」

僕はごく自然にやさしく答えることができた。いつか、僕は類子なら、腕に抱いて夜あけの白む窓をみることができるかもしれないなあ、などと思った。

「あんた、小説でも書いてみるといいわ」

類子は夢からさめたように僕から身を離して、ふと、「あんた、そのときあたしたちのこと、小説に書く？　今でなくっても、もっと年とってからでも、いつか、書く？」

「書かない」

と僕はいった。——だが、それがウソであることは僕が知っていた。いつか、書こう。

(書かなければならぬ) 突然、僕のうちに一つの考えが到着した。そこにだけ、真実の人生がある、という安心で、ウソの人生をよりよく生き切るために……真実と虚偽とのシーソーで、真実の重みを知るがゆえにたえずゴマカシの空たかく、虚偽をはねあげておくために……僕は、書きたいなあ、と思った。

私の愛したマリリン・モンロウ

1

あたしたちの旅行が、とてもステキで楽しかったのは、バンコクのドンムアン空港へ、おひるの十二時ごろ下りたった……そのあとの半日と、翌日の午前までだった。

もちろん、そのときは、そんなことはわからない。あたしたちは羽田を飛び立って五日めで、いちばんうきうきと、心も身も軽いときだったから、バンコク行きのマラヤ航空ジェット機の中でも、さんざん騒いでいた。

いよいよ、ドンムアン空港について、タラップを下りると、シンガポールでの雨季のうっとうしさとは打ってかわり、タイの空は乾季のかんかん照りである。抜けるように青い南国の空に雲一つなく、くらくらする烈しい日ざし——十二月というのに、日本の七、八月頃の気候である。

「うわあ、これや暑いや」

礼二はシャツの胸のサングラスを出してかけた。あたしは礼二と並んで歩こうとして、思わずハイヒールのつま先をつンのめった、――これからまだ何日かつづく旅の日が、礼二といっしょだと思うと、楽しくってうれしくって仕方なかったからだ。八木ちゃんや、みき子がくっついてるという、煩《わずら》わしさはあったけれど――。

その八木ちゃんや、みき子女史は足がおそくて、(お年である)いつもぼやぼやしておくれる。このドンムアン空港では、旅客はジェット機から下りると、バスに乗せられて飛行場をよこぎり、小ざッぱりした色に塗った建物へつれていかれるらしい。

「早く来いよう」

と礼二が呼んだ。ほかのお客はみんな、バス(吹き流しみたいに、お尻のところもあいているバス)に座ってるのに、八木ちゃんたちはあわてて来て、やっと飛び乗り、まちかねたようにバスは動き出した。バスの中にはとりどりの人種の旅客がいたけれど、われわれ四人組のほかにも、すぐ日本人とわかる顔が、二三にとどまらなかった。――ほんとに、東南アジアの各地では、日本人はへどの出るほど、見かける。

二、三分、ごろごろと走って、空港の建物へはいると、あたしたちは入国手つづきのために、行列した。建物の中はたくさんの人々の人いきれで、ムッと暑かったし、戸外はあいかわらずの油照りで、さすがに熱帯だった。

伊東礼二が、金髪の中年男のうしろに並んで、あたしたちの入国カードをひとまとめに持った。あたしたちも彼のうしろに並んだ。われわれの英語が頼りないので、礼二だけがたのみの綱である。八木ちゃんは日本を出るまでは自慢していたけど、シンガポールの小手はじめにちっとも通じないことがわかり、それからは日本語以外はなるべく口をひらかないようにしている。礼二のことをブロークン英語だとワルクチをいったりするけど、礼二のほうがよく通じるんだから仕方ない。

礼二も八木ちゃんも、日本の男にしちゃ、背の高いほうだが、それでも前後の金髪の大男たちにくらべると、少年《ボーイ》みたいである。そして、あたしもみき子女史も、きっと少女《ガール》みたいにみえるのだろう。視線があうと、金髪男はニコニコして片目をつぶってみせたりする。

〝三種の神器〟と旅行者たちがよぶ、パスポート、検疫証明書、航空券をあたしたちは大事そうに胸に抱いて、それぞれの係りのカウンターへゆき、褐色の肌のタイ人の係官の口早な英語を礼二に通訳してもらってぺたんと、スタンプを押されるとやっと入国許可になる。荷物をうけとって、こんどは税関で簡単な検査があった。

八木ちゃんは、手持ちの米ドルを、へんな英語で答えたばっかりに、いつまでも釈放されずに、なンかどなられている。

「あほ、何ン日滞在するか、ゆうとるんやで」

礼二はあわてて、

「スリーデイ！」

と八木ちゃんのかわりに答えてやった。係官は大きくうなずいて紫色のスタンプをぺたりとパスポートに押して返した。

八木ちゃんは若禿げの額に汗をいっぱいうかべ、にがにがしそうに、

「ややこしい英語使いよるさかい、わかれへん」

とタイ人のほうをわるくいっている。

「これから、何でも礼ちゃんに任しとけばええやないの」

とあたしは、いった。八木ちゃんには、まるで自分が見くびられたようにきこえたとみえ、きこえないふうにして汗を拭きながら、

「暑いねえ……早う、ホテルへはいろうや」

なんて、ごまかしている。

「僕のだって、半分、カンや。カンで当りをつけてんのや」

礼二はいった。

「あら、そこへくるとあたしのほうがまちがいなしよ。ね、礼ちゃんの英語より通じ

が早いとき、あるわよ。身ぶり手まねでけっこうや。それに日本語使うたかて、あんじょう、通じたアるで」

というのは岡本みき子だ。はじめから、みき子は英語でしゃべろうなんて無用の努力を放棄《ほうき》していて、たとえばホテルなんかへいってボーイが荷物をもって先へいくと、

「ごくろうさん、わるいねエ、重たい目エさせて」

なんて日本語で——というより、大阪弁で押し通している。ボーイは何のことか分らぬものの、ふり返ってニッコリうなずいたりすると、

「ほら、みてみいな、ちゃんと通じたアるわ」

とみき子は大いばりで、鼻の穴をふくらませて、

「そら人間やもん、どこでも人情は一緒やさかい、英語知らんかて不自由せえへん」

と強気だ。みんな、ナントカナルというので日本を出発したので、いざ来てみると、やっぱり礼二のブロークン英語に頼らなければならない。

ポーターの猿のような男が近づいて来て、どんどんと空港の外にとまったバスに荷物をつみこみはじめた。バスのそばには、航空会社の制服を着た男が立って、さかんに何かしゃべって旅客をのせている。

んだ。


「あれに乗れっていうんだろう……」

「とんでもないところへいくのやないか」

「いくよ、いくよ、きっと……市内行きのバスやから」

バンブウホテル？　と礼二がきいたら、男がうなずいたので、あたしたちはのりこんだ。

炎暑の道を、バスはバンコク市内へ向けて走っている。あたりは、空港を出はずれると、日本とちっとも変らない青々した田園風景であるが、よく舗装されていて良い道である。

「これがソレ、アメリカの援助で出来た道だ」

とうしろのほうで日本語が気易くきこえてきた。同じ飛行機で来た日本人だ。

町へはいって、ぼつぼつとにぎやかになった。看板にもタイ語文字に並んで漢字が描いてあるし、人種も日本人に似ているせいか、外国らしい心持がしない。しだいに繁華街に近くなったとみえ、三輪車やタクシーが多くなった。

思ったより近代的に整備された町で、予約してあるバンブウホテルは、メナム川を背にした、堂々たる七階建ての格式のある、近代的ホテルだった。あたしはバンブウホテルなんていうから、バンガローみたいなものかと、なぜともなく考えていたので意外だし、嬉しかった。

フロントの前は、中国風な、ツクリモノめいた室内庭園になっていて、小さい噴水や赤い橋がある。

空色の制服を着た中国人らしいボーイが、すぐやって来て荷物をとった。エレベーターへのりこむと、

「どこから来ましたか？」

とあたしたちより、ずっとうまい英語でお愛想をいった。ほんの十四五くらいの少年である。あたしにも、それ位ならわかったので、礼二よりさきに、

「オーサカ、オーサカ」

というと、少年はニッコリした。オーサカを知ってんのかしら。

部屋はふたつ——予約した通り——とってあった。もっとも、あたしと礼二、八木ちゃんと岡本みき子女史、なんてとり合わせのためじゃなく、女は女同士、男は男同士の相《あい》部屋だ。

ボーイさんは、向きあった部屋のドアをどちらもあけ放して、荷物をそれぞれテーブルに置いたり、カーテンをあわただしくひっぱったりしている。

八木ちゃんはさっきフロントの横で替えたばかりの、この国の汚い紙幣や硬貨を手

にもってグズグズしていた。算勘にうとい人で、通貨換算表をあわててくってみて、考えている。女のほうが暗算は早い。

あたしは、日本語なので声は低めずに、

「五バーツくらいやったらどうやのん？　さっさと早う、出しなさいよ。この子、待ってるわよ」

といってやった。一バーツは約十八円である。それは空港で、どこかの日本人が両替して話していたから知ったのである。

八木ちゃんはあわてて、見なれぬ紙幣をなんどもすがめるようにみて、たしかめながら思いきりわるく、ボーイに渡した。

サンキュー、と少年はにっこり笑って、うけとった。英語を使いさえしなければ、東京のホテルなんかと、ちっとも感じがかわらない。

ボーイが出ていくと、八木ちゃんはあらためて換算表を穴のあくほど見ながら、

「三バーツでも、よかったんじゃないか」

と、つらそうな声でくやんだ。ほんとうに汚いわ。あたしは軽蔑して返事もしてやらない。

ボーイさんが、もういちどのぞいて、小さい荷物のこぼれたのを持って来てくれ

た。それをしおに、男性軍は外へおい出して、向かいの部屋へうつってもらう。

ドアに錠をおろして、みき子と競争みたいに汗になった服をぬぎ、バスルームをのぞきにいった。この部屋は、四五段の階段をさかいにして、上には寝室とバスルーム、下には居間とわかれていて、上段の部屋には手すりがついている。

室内の調度はバンブウホテルというだけあって、ほとんど竹やトウ製で、プルシアンブルーと白を基調にした壁紙もベッドカバーもカーテンも、みるからに涼しげで美しかった。

バスに湯をみたし、下の居間へおりて窓の外を見ると、ゆったりした黄土色に流れてゆく、幅のひろいメナム川が目の下にあった。対岸の都会はうすもやの中にきらきらしている。あれが、来る道々、飛行機のなかでよんだ、「バンコク案内」（旅行社がタダでくれた）によると、トンブリの町なのだろう。川の岸辺の家は、みな杭の上に建てられてある。暑そうな日ざしになまぬるくなった波が、杭のあたりにゆっくり渦巻いている。あたしは、

「みき子女史！　みてごらんよ、ねえ……きれいよ」

と「上段の間」めがけて呼んだ。みき子はバスの湯を調節しているらしく、はげしい水音をさせていて聞きとれないのか、返事もしない。やっと出て来たのをみると、

すでに半分ストリップで、ブラジャーとパンティだけ、

「ちょっと……先にはいらしてよ、千果《ちか》ちゃん」

といった。

「ええ、どうぞ」

汗っかきのみき子は茹《ゆ》だったように赤くなって、下着はびしょびしょにしている。

もちろん、部屋は冷房が利いているので、あたしなんぞは、もう、すっと汗が引いているというのに、

「暑い国はいややな、えらいところへ来てしもたな」

みき子はぶつぶついいながら、ベッドの上へ旅行かばんをひろげて、新しい下着を出している。

あたしも、上へあがって、ベッドへ荷をぶちまけて、スリップとパンティを出した。

みき子はドアをしめずにバスを使いながら大声でいう。

「そいでも思い切って、来てよかったよ、千果ちゃん」

「はあ、そや、気イがせいせいするわ」

あたしはガーターをはずしながらいった。四五日前に東京の羽田を立ってから、あ

たしはずっときげんがいい。ほんとにせいせいして、毎日、鼻唄ぐらしでいる。

「志門《しもん》、いまごろ大阪で、あんたが旅行に出たことをきいて、びっくりしてるでエ」

「海外やったら、ちょっくらちょっと、おいかけて来られへん、ええ気味や」

とあたしは靴下をぬいで、はだしになった。ヘアブラシを手にもったまま、部屋をよこ切って鏡の前へゆき、梳《す》いた。

志門のことは、いつも、あたしとみき子のあいだで、こういう会話からはじまる。

それから、志門のタナおろしをする。

「男なんて、はじめて寝た男を女は忘られないもんやと思うてるから甘いわな」

と、年増のみき子は、三十五六の女らしい露悪的な言葉でいうが、彼女は百パーセントあたしの味方で、これは志門を嘲笑した言葉である。それというのも、堂本志門が、あたしに惚《ほ》れぬいていたのに、あたしは肘鉄砲をくらわした、それだけで痛快がってるのである。もしあたしが、志門の求愛をうけ入れていたなら、あたしの側に立っていないことだけは確実である。

この年代の人の扱いは、男でも（八木ちゃんも同じ年頃だ）女でも、なかなか、むつかしいのである。若いものは苦労するのである。

といって、あたしはべつに、どうでも、みき子の友情を必要とするというのではな

いが、みき子はあたしの気持の屈折など知るよしもなく、

「女がいったん身を任せたらおしまいやと思うてるねんさかい、男なんてアホやな」

「アホやね」

「そんなことうそやろ、あとほどようなるやろ——初めのは忘れるやろ」

「そやそや」

その通り。

あたしは志門なんか、とっくに忘れて、いまは礼二のことで夢中になっている。

2

あたしたちがそれぞれ、四五十万ものお金を使って、海外旅行なんかもくろんだのは、あたしがそもそもの原因である。

あたしは二十二歳、テレビタレントで、連続ドラマの主演もしたし、ちょっと人気も出ていた。去年、それまで在籍していたある劇団から、浪花プロへうつった。そこ

に、堂本志門がいた。

志門には、あたしは思い出がある。ずっとずっと前に、まだ役者の世界にはいらないころ、ＯＬのころに会った。尤《もっと》も先方ではそんなときのことは忘れているだろう。

あたしはある晩残業していた。電話が鳴って男の声で友だちの女の子をよび出した。

「村上さんなら一週間ほど前、結婚しましたわ。会社もやめてしまったわ」

「えっ」

男はびっくりして、それから急にいそがしくたたみかけてきいた。住所を教えてくれとか、彼女へことづけしてほしい、とか……そのうち、

「できたら君にあいたいなア……ことづけを、電話なんかで言いたくないんです。ぜひお目に掛かりたいなあ……出られない？　君、ちょッと……」

といった。惚れ惚れするようないい声だった。

あたしが仕事を切りあげて、彼の待っているという喫茶店へいったのは、友達へことづけなんかしてやるためじゃなく、ただただ、その声のいい青年（らしかった）つまり、村上さんのかつての恋人らしい男をひとめ見たいという好奇心、それから、村上さんが結婚したことさえ知らない青年は、明らかにふられたのだから、いまはあぶ

れているのであり、あわよくば、村上さんの代りにあたしを好きになってくれるかもしれない、という甘いロマンチックな空想、そんなもので、その「声のいい青年」に漠然としたあこがれをいだきノコノコ出かけていったのだった。

いや、そればかりでなく、その時、あたしは心はやるままに、乏しいお小遣いの中から、タクシーをとばしていったのである。女の子というものは、こんなにも好奇心がつよく、こんなにも恋人をほしがってるものなのである。

青年が指定したのは、ミナミの松竹座の向かいにある、「ナイル」という喫茶店だった。「ナイル」の前へいくと、背のすらりとした、濃紺のシャツに、グレイのズボンをつけた青年が、所在なさそうに立ち、あちこちきょろきょろ見廻していた。あ、アレだな、とすぐあたしはわかった。当時十九かハタチぐらいのあたしには、もう、胸がドキドキして……ものもいえないくらいだった。

そのうち、青年はこっちのほうへ鋭い眼をそそいだ。むこうもわかったらしく、ツカツカとあるいて来た。

そのころ、あたしは堂本志門の名も知らなかったし、むろん、彼が混血だということも知らなかったから、なんだか洋画の中から出て来たような、凄《すご》い美青年だと思って、ぼうっとなった。

志門は——いや、青年は、あたしをじろじろとみた、そして、(ここがかんじんのところだ)露骨に失望の色をその美しい顔にうかべた。それでも近よってきて、

「君が村上さんのお友達?」

「ハイ」

あたしは当然、いっしょに喫茶店へはいるのだろうと思っていたら、青年はつったままで、しょうことなしのように、

「僕ね、堂本というんだけどネ、村上さんに幸福にね、なるようにって」

「ハイ」

「そう、ことづけて下さい、まア元気でッて、ネ」

「ハイ」

「じゃ、それだけ……失礼」

「ハイ、さようなら」

あたしはぽかんとして突っ立っていた。青年はそういい捨てると、誰かを待たしてでもいたのか、自分ひとりでさっさと「ナイル」の黒い色硝子のドアを押してはいってしまった。

さすがのあたしにもわかった、青年は、たしかにあたしを村上さんのかわりにちょ

いとからかおうという下心があったにちがいない。でも、ひょこひょことやってきたあたしが、あまりにも魅力がなかったので失望落胆して、頭をなでるようなことをいってつき放したにちがいない。——つまり、それくらい、そのころのあたしはぶさいくで、魅力のない娘だったんだろう。(あとで分ったけど、当時志門は映画俳優だった)

しかし、今おもっても、女性尊重精神の足らんやつだと、あたしは腹が立つのである。わざわざタクシーまで奮発して、胸をドキドキさせてかけつけてる娘を、いくらかブスだからといって、お茶も飲まずつっ放すなんて、まったく男の風上にも置けぬやつである。あたしは長く、そのときの屈辱《くつじょく》を忘れることができなかった。——その後、あたしは石鹼の広告写真に横顔を写真にとられたのがチャンスになって、大衆劇団にさそわれた。そして、すっかり方向転換して役者さんになってしまった。継母となんとなく折り合いが悪かったので、家を出るのが嬉しかった。それに、だんだん美しくなっていくのが自分でもわかり自信もできてきた。

浪花プロへうつる前に、堂本志門とテレビで共演したことがある。志門はおもにテレビで活躍するようになっていて、あたしと会ったとき、あたしのほうはやっぱり、あのときの青年だとすぐわかったけど、志門は昔のことを忘れていた。そのくらい、あたしは美しい娘に変貌してしまっていたのである。志門は、その証拠に、こんどはチヤホヤしてくれた。

志門はあたしに親切にして、相談にもよくのり、自分のいる浪花プロへうつるようにすすめた。そのころから、彼はもう、あたしを愛しはじめたのだと思う。

あたしはとてもいい気持だった。昔のカタキを討てたようでもあり、それに人気があって、女の子にもてる志門が、あたしに夢中なのをみてはなんともいえなかった。

あたしも志門が好きになった。何といっても、彼は美青年だったし、そのころは、彼の夢中ぶりを彼の愛情の深さだと思って感激した。

あたしはそうやって、堂本志門と恋人関係になった。

あたしはみき子にも笑われるけど、ちょっとサービス精神過剰ぎみのところがあり、あんなに愛してくれるんだから、こっちも愛したげないと、天地自然の理にそむくわ、なんて漠然とかんじてしまうのだった。

それに、相手がしてほしい、そうしたい、と望んでいることは妙に、かなえてあげたくなる。自分にそんな神通力のあることをうれしく思って、骨をくだいても、相手を喜ばせてあげたくなってしまう。

そんなわけで、志門から誘われたとき、あたしはいっぺんで〈うん〉といったので、志門のほうも、これはだいぶん、おれに惚れてるんだな、とうぬぼれたのかもしれない。

彼とそんな関係になってから、きゅうに志門は威張り出した。それに猛烈に嫉妬ぶかくて、いやな面をみせはじめた。いや、それははじめて寝た晩からで、あくるあさ、あたしが眼がさめてもじっと蒲団に顔を押しあてたままでいると、志門はちょっと心配になったらしく、

「どうしたの、泣いてンの?」

と片肘ついて半身をおこして蒲団をめくってのぞきこんだ。あたしは顔を出して、イーをした。

「泣くもんですか。赤ちゃんからこっち、泣いたことないわ」

「あ、えげつない言いかたをする先生よ、恥を知れ……寝たあくるあさぐらい、やさしい言葉のひとつもかけておくれよ」

「さいそくされたら、言えることも言われへんわ」

「僕なら、すぐ出るがねえ……」

「たとえば?」

「いやなこった……お手本にいうのなんぞ、意味ないよ。それに君はほかの男にすぐ

適用するんだろう」

「イヤ、どうして？　そんなはず、ないやないの……志門しか、いてへんのに」

「うそつけ……ほかにいるんだろう。千果子は×ちゃんと仲が良いじゃないか」

と、あたしが思いもよらない人の名をいったりする。

「うるさいなあ……違いますって」

「あいつにも、こんなことさせたのかい？」

「あんた、志門、ゆうべはいってたやないの、これで満足した、なあんにも、いうことないッて……」

「充《み》つれば欠ける世のならいよ……」

志門は時代劇にも出るので、ヘンな言葉を知っている。

伊達《だて》であかるい感じで、二枚目の代表選手みたいな堂本志門だが、にぎやか好きな男によくあるように、怒りかたが陰性だった。それに酒ぐせがわるい。あたしはだんだん、いやになってきた。すると志門にびんびんと反映していく。きらわれることに対しては恐ろしく敏感で、こっちの気持を千里眼のように見通す。

志門が、映画の仕事で二週間ばかり東京へいってるあいだは、あたしはホッとして、頭の上へかぶさっていた大ブタをのけられたみたいな気持だった。ほとんど毎晩みたいに、友達と、心斎橋《しんさいばし》のバー「シドニー」にいた。

ここのバーテンのけんちゃんは中学時代のクラスメートである。居心地がいい。

志門が大阪へかえって来て、そこは地獄耳だからすぐ、誰からか聞いてしまった。

「シドニーへいこう。いきたいんだろう」

とからんだ。

「どうして？」

「けんちゃんに会いたいんだろう？」

「知らん！」

あたしはすっかり、腹が立った。あたしは単純で直線的だから、こんな曲線的なからみかたをする人間はだいッきらいである。それに、けんちゃんとだってもとより何でもない。仲のいいおしゃべり友達、というだけである。

あたしがすっかりツムジをまげたものだから、志門はしょげて、

「ごめんよ」

とあやまった。

「どうして、オレはこうなのかなあ――好きな人間には意地わるをいって怒らせたくなって困るんだ。――おれの愛情は意地わるとワンセットになってるんだ。ひねくれ

てるんだな、やっぱり」

志門は頭のわるいほうではないから、素直に反省して、

「これがおれのいけないところだ。もう、そんないじめかた、しない。ほかの男なんか、好きにならないでくれ。とにかく、おれは千果に夢中なんだから」

と、辛そうにいった。そういわれるとあたしは可哀そうで可哀そうでたまらなくなる。純粋の日本人にはないような、沈んだ白さの志門のひたいに、垂れているやわらかい髪をかきあげて、

「心配せんとき」

といってあげる。それではまだサービス不足のような気がして、

「あたしも、志門が大好きよ。夢中やわ」

と熱情をこめていって、キスしてあげた。志門の唇は女のそれみたいにやわらかい。

「おれ、あいのこだから、ひがみっぽいんだ」

なんて、しんみりいわれると、あたしはもう可哀そうでたまらなくて、

「阿呆やな」

と志門の胸に顔をうずめた。それからあたしたちはしみじみしたかんじで寝た。

あたしは正直のところ、愛のあの動作はそんなに好きでない。きらいでもないけれど、それは、志門がふかく満足しているのをみるのがうれしいという段階である。——それでも志門はあたしより、ずっと身にしみているようにみえた。そして、チェッコスロバキヤだかハンガリーだかポーランドだか、何べん聞いても忘れるんだけど、とにかくあのへんの出身である父親のことや、貧しい生いたちなんかの打ちあけ話を志門がぼそぼそする、それをあたしがうつらうつらと聞いてる、といった時間が好きだった。

それがお酒がはいると、一変した。いいかげん飲んで、「シドニー」なんかへまたくり出していく。あぶないな、と思っていたら、けんちゃんが、何も知らないものだから、長い馬面に愛想笑いをたたえてやって来た。志門は早速つかまえて、

「おい、けんちゃん」

「ご注文……」

「注文なんかどうでもいい、お前、千果子と何かあるんだろう、え？　吐いちまえ、この野郎」

けんちゃんは何が何だか分らないものだから、エヘヘ……と笑っていた。しかしあたしが（酒癖が悪いんだからこの人には、取り合わないほうがいいよ）という目顔を

してるのが、わかったのかわからないのか、すこしまじめになったものの、やっぱりニコニコして、

「何ですか、いきなり……失敬やないスか」

「つべこべいうな。事実をみとめるか、みとめねえのか」

「あほらしい。あんた、なんぼ千果ちゃんに惚れてるゆうたかて、相手みてゆうとくなはれ」

「関係あるのかッて聞いてんだ！」

「おまへんよ、あほくさ」

けんちゃんは、冗談にしようとして、へらへら笑っていた。志門はよけい、カッとなったとみえ、高飛車にどなった。

「あるんだろう」

「おまへん、て！」

「かくすならいいさ」

「ひつこいなあ、志門さんも……なんで僕が……」

「だまれ！」

志門はどなると、やにわに二つ、けんちゃんの頬へ往復ビンタをくれた。それにつ

れて、けんちゃんの顔はきれいに右へとび、左へとんだ。

「ソラ、もう二つ！」

つづけてけんちゃんの顔で、二度、平手うちがにぎやかに鳴った。

「千果ちゃん、一一〇番よんでくれえ……」

けんちゃんは悲鳴をあげてあたしにたすけを求めた。そのときは店にいたお客が、

「何や何や……」

「止せえ、志門……」

「けんちゃん、逃げろ逃げろ……」

なんていって、志門とけんちゃんをひきわけてやっと志門をおさえつけた。

イヤだなあ、イヤだなあ……。

あたしは、酔っぱらってどなったときの志門の声や、すぐ手を出すやくざみたいな振舞いが、心からきらいになった。あたしたちの周囲にもそんな人はたくさんいたけど、志門はふだんはお高くとまって澄ましてるだけに、よけいいやだった。可愛げのない、逃げみちのない感じだ。育ちの醜悪さがぱあッと出てる。

あたしはその晩、自分のアパートへかえらないで、以前、ＯＬをしてたころの会社友達の岡本みき子のうちへ泊まった。みき子は、あたしとちがった意味で成功してい

て、会社をやめてからは、タイプ印刷業をはじめ、小金をためておちついている。独身である。

あたしはみき子にいろんなことをしゃべってきかせた。みき子は、実物は知らないものの、テレビや映画では、堂本志門をよくみるので、彼を思い出しながら、あたしの話をきいていて、

「いやなやつ。千果ちゃんがあんなやつの恋人でいるなんて勿体ないわ。まるで、懐石料理をアルミの弁当箱に詰めこんだみたいやないのさ」

といった。あたしはカイセキ料理なんて食べたことがないからよくわからないけど、彼女の語感から、あたしをよく言って、志門をわるくいったらしいことはわかった。それでわるい気はしなかったので、

「そうかも知れないけどね」

といった。

「しばらく別れてれば？」

とみき子はディズニー漫画のなかに出てくる赤ン坊みたいな、丸々と大きい顔をふりたてていった。

「別れてても、志門はすぐさがして入りびたるわ——仕事でよく顔を合わせるんだか

らどうもこうも……」

「志門が来られないようなところへ、半月ほどでもいってれば一番ええねんけどな」

「精神病院みたいなとこがあれば、いいわけよね」

「まあ、そんなもの……そやから、わたしはあんまり綺麗な男の子きらい」

みき子はへいぜいの持論をまたくりかえした。「図々しくてあつかましくて、自分だけえらいみたいな顔して……ゴロツキみたい」

みき子は寝冷え知らずみたいなパジャマを着たからだを、寝返りうって腹ばいになると、タバコを吸い出した。

「また、なんでそんなゴロツキと寝るようなこと、したの?」

「だって、可哀想な気がしてんもん」

「あんたは昔からお人よしやったよ」

あたしはその晩、みき子の嘲笑を反すうしていた。ほんとうに心から好きとか、愛したという、つよい、全身全霊をつき動かすような衝動ではなくて、そのときどきのなりゆきで、つまり、サービス精神旺盛のために、顧客《おとくい》さんのような恋人を持ってきたんだ、と反省した。

その証拠に、志門のことだって、別れててもあんまり苦痛はない。志門のそばにいつもいたい、とは思わない。あたしはみき子よりさきにグウグウ眠ってしまった。

あくる日は、午後二時から公開録音の司会のアシスタントをする仕事があったので、はやくにみき子のうちを出て、アパートへかえった。するとドアがあいていた。壁にもたれて、ひざを立て、顔を埋めていた志門が、はじかれたように頭をおこした。

「千果子！　僕はもう……」

「あら、来てたの？」

あたしはみき子とたらふく食べた、トーストや卵やサラダや果物の美味しい朝食のオクビが出そうになるのを、あわてておさえていった。

「志門、ゆうべから来てたの？」

「そうさ。一晩じゅう、待ってたんだ、千果子に会いたくて……」

志門はほんとうに一晩ねむらなかったのか、血走った眼をしていて、あたしの手をとってずるずるとひきよせると、

「どうしたんだア、ヒトをこんなに心配させて、もう……」

青白い肌にくしゃくしゃのシャツをひっかけて、髪は乱れているし、見るかげもなくとり乱してる志門は、あたしの頬やのどにまで、穴のあきそうな強烈な接吻をし

て、

「淋しくッてたまらない」

と泣き出しそうな顔をした。

「千果子はもう、オレがきらいなんだろう」

「そんなことないけど……そんなにあたしを好きにならないでよ」

志門はため息のようなしぐさをした。

「そうありたいよ。どんなに思い切ろうとしたかわからない。でも——ヘンだなあ、どうしても君が思い切れないんだ」

志門は乾いた声でいいながら、ちょっとおちついたふうで、煙草をとり出した。その指先はふるえていた。

「はじめはこんなに好きになるとは思わなかった。——でも、だんだん……好きになってきた、本式に好きになってきた……寝てもさめても忘れられないんだ、君は僕がこんなこといっても、よくわからねえんだろう……好きになることがどんなことか、一日じゅう何をしてても頭にこびりついてて、苦しくってたまらない気持なんか……いいよ、いいよ、わかってるんだ」

志門はいそいでしゃべりかけたあたしに、首をふって淋しそうにうす笑いした。

「君を責めてるんじゃないよ」

あたしは青ざめて苦しそうな志門をみているうち、知らず知らずまぶたがあつくなって涙があふれてきた。でも、それは——いつも、あたしはひそかに感じてるんだけど——志門の苦しみに自分が動かされて、というんじゃなく、ちょうどあたしを志門の位置におきかえたとしたら、どんなに苦しいだろう、という想像だけで、もう、さーっと涙があふれるのだった。たぶん、この、安っぽい涙はあたしが役者であるせいか——それとも役者だから涙が安っぽいのか？——(あたしはもちろん、名優じゃないけど、女役者のつねとして、涙なんかはすぐ出せるのだが)他人のことを考えるときなんか出ないけど、自分の身にあてはめてみたら、泣けるのである。もしあたしが反対に、いくら志門を恋しても、志門の手ごたえがなかったらどんなに悲しいだろう、と思えば志門の痛みもわかる気がした。あたしはしゃくりあげてしらずしらず芝居をしていた。

「そんなこと、志門……」

あたしは、志門にもたれかかって泣きながら、音がしないようにそっとスカートのホックをはずした。「志門の考えてンのより、ずっと愛してるわ、愛してます。あんたが好きやねん……ほんま、よ」

（今日着ていくスーツのスカート、アイロンあたってたかしら？）

とあたしはつい、考えた。すると涙が乾きそうになって、あわてて、また涙をこぼしながら、

「だいいち……志門はやっぱり、はじめてのひとやもの……忘れられへんわ。わかるでしょ」

「うん、わかる」

志門はとても感動していた。

「僕は君の最初の男だもんな」

（それがなにか、あるのかしら）とあたしはきょとん、とした気持できいていた。あたしは、あのことに、そんなに大きな意味をおいていなかった。でも、そういえば志門がよろこぶような気がしたので、志門がきげんを悪くしたときは、もち出すのだった。あたしは、志門にぐずぐずいわせないうちに、彼をしっかり抱いた。そうして、頭のなかで、

（今日のクイズ解答者たちがこのあいだみたいな、ヘマの間抜けばかりだと、困るわ）

などと考えていた。

その考えは、志門がひとりで昂奮しているうちにもずうっと、つづいていた。でも、あたしは、前よりずっと愛の動作はきらいじゃなくなっていた。けれども、やっぱりどこか、うわの空みたいな所は、あった。ただ、志門が満足してる様子をみるのは好きだった。

さて、あたしが志門とのことをながながとしゃべったのは、あとで、礼二にあたしが恋したとき、いちいち思い当ったからである。礼二は旅行好きの大学生で、もうずっとせんに、スパイ小説を書いたのが、本になってとても売れて、あたしが主役でテレビ化したりしたことがあった。そのとき知り合った。

街で、あるとき、偶然あって、

「なにしてンの？　――このごろ」

「旅行の準備してる」

「どこへいくの？」

「こんどは外国や」

あたしはまだ、そのときは考えがまわらなくて、礼二のまじめそうな、平凡な顔をみながら、

「そんなにお金があるの？　あの小説、よくもうかったの」

「ウン」と礼二は正直だ。

「〝薄情な街〟だった？　薄情では、なかったわけね」

「〝私につれない街〟」

と彼は訂正した。あたしは、志門によれば、モノを正確におぼえたことがないそうだ。

「あっそうか、ごめん……。また、小説を書いた？　あれから」

「いや、書かへん」

礼二は持っていた世界地図をひろげて、

「ここと……ここへいくんや」

とうっとりしていった。あたしは地図なんてしばらく見たことがなかったので、彼の指した東南アジアのへんが、急に親しみ深く、さも、たやすく行けるところみたいに感じられた。

「いいな。ひとりで？」

「友達とね。年末年始の休暇を利用していくんや」

「それ、どのくらいかかるもの？　あたしもいったらあかん？」

言ってしまって、あたしはびっくりした。

「ああ、いいよ」

礼二も簡単に答えて、ちょっとギョッとしたように、

「しかし二週間やで。あんた、そないあけられへんやろ、仕事が忙しい人が……」

あたしは、礼二の発音の中で、「アンタ」という語がいちばん好きだ。

大学生の大阪弁らしい、軽いなかにも無造作な、いたわりと気品があって、「君」とか「沢くん」とか「千果ちゃん」とか、呼ばれるのよりずっと好きだ。

何だか、うまくいえないんだけど、礼二の頭も眼も、まっすぐ前方のものしか見ない、おおらかさがある。横目を使ったり上目使いしたり、うしろをぬすみ見したりしない、そして、他人のことはほっておき、自分のことばかり、けんめいに考えているような、うわのそらな気分がある——それが、礼二の体全体から発散して何だかすがすがしい、とてもつきあいやすいきもちにさせる。

また、それが「アンタ」という言葉の発音を、耳ざわりよく、いや味なくさせてるのだろう。

(いま、何ていって呼んだの、もういっぺんいってみて)

そういったって、礼二は、

(エ？)

とびっくりして、(アンタ)という発音はおろか、そんな呼びかたであたしを呼んだことさえ、意識してないにきまってる。

志門の、ねばりつくような、意識のとぎすまされた気分からみると、伊東礼二の淡白で無造作な感じはとても好きに思えたのだった。

あたしは早速、岡本みき子をくどいてみた。

この現実派の、動きのにぶい中年女は、あんのじょう、びっくりして、とんでもない、という顔をした。

「東南アジアて、どこにあるのさ」

あたしは、礼二にチラ、とみせられた地図を思い浮かべながら、

「日本の左下よ」

と答えた。そして、

「暑くて、夏の服でゆくほうがいいッて——。年末に出発して、むこうでクリスマスすンの、お金は……」

といいながら、自分がもうすっかり、ゆく気でいることにきづいた。

3

それでもあのとき、よく思い切って出たものだと思う。――でなければ、今ごろも相変らず、気まぐれで酒乱の混血青年あいてに、サービス精神を発揮していたかもしれない。

旅に出て、どんなにあたしが疲れていたかの証拠に、役者仲間のことや、無理を押しきってとび出してしまって、浪花プロの人を怒らせたりした、――つまり、仕事のあれこれ、いざこざなど、ぴたりと思い出さず、思い出しても人ごとみたいに平気になってしまっているのを発見したのだった。

あたしは、数年の俳優生活の間に、ちょうど、この旅費を支えるぐらいのお金しかためることはできなかった。

だから、旅行から帰ったらパーになる。また、一からボツボツと稼《かせ》がなきゃ、いけない。

それより、仕事関係の先々や浪花プロを怒らせてとび出した——それはもう、無茶に、パスポートが手に入るなり出て来たから——そんな関係もあって、帰ったら仕事の場を失っているかもしれない。年末年始に休みをとる芸能人なんていないから、朋輩もプロのほうも、腹を立てているかもしれない。もう、あたしに誰一人仕事の口をかけてくれないかもしれない。

つまり、役者として、食べていけないかもしれない。

「かめへんのかい？——そんなことになっても……」

礼二は目を丸くしていった。

「いいのよ」

あたしは笑っていた。

「何や、僕がわるいことをすすめてしまった気がするなあ」

「うそ、あたしが勝手についていくッていうたんやもの……ちゃんと計算してるから、いい。そうなったらなったで、何とかする」

あたしはまだ、動かない人気なんてない。テレビでちょいちょい顔をおぼえられてるだけにすぎない。掃くほどいる女優である。だから、いったんはずされたら、もう、芽が出ないかもしれない。

でも、それすら、今は平気だ。女優なんかやめたっていい。そんなことさえ考えている。

油照りの昼さがりの町を、コットンの夏服で麦わら帽子をかぶってねり歩く、異国の十二月が、あたしには楽しくってたまらなかった。ちょうど、街へさまよい出て、何もかも物珍しくて楽しいお姫さまの休日みたいに。

いままでの生活がご破算になっても何とも思わせない、それだけの収穫は、この旅行から得られそうな気がする。

「背水の陣だな」

と礼二が感心した。

バンブウホテルのレストランで食事をすませてから、みんなで、まず寺院の見物にいくことになった。

ロビイへおりてみると、れいのツクリモノめいたフロント前の室内庭園のベンチに、黒い背広を着こんだ東洋人が坐っていた。

礼二がやとった日本語ガイドである。

「飛行場へもゆきましたが、入れちがいで」

ガイドの高《こう》さんは、みんなに名刺を渡しながら、

「すみませんでした。ご不自由、ありませんでしたか」

達者な日本語でいった。

高さんは、まだうら若いが、うすあばたが満面にある。室内でもうすい墨色のサングラスをかけていたが、ちょいちょいとって、開いたりたたんだりして、手の中でもてあそんでいる。

眼鏡をかけていると、口もとに表情があったが、それをはずすと、かえって中国人らしい無表情になった。

日本語はうまいが、日本へは来たことがないという。

高さんはガイドのために小型のバスをもって来ていた。さっそく、みんなでのりこんで、有名なお寺をまわってもらった。

境内に黄衣のお坊さんがうろうろしている。ワット・ポーというお寺には、身丈五十五メートルもある巨大な釈迦涅槃《ねはん》像があって、横にねていられるのである。全身金パクで、いまでも赤いロウソクや線香をあげる人々が一心ふらんに何かおがんでいる。うすぐらい堂内で、ひざをついておがむ痩せた女の人たちを見ていると、どういう悩みが、あの胸にあふれかえってるのだろう、と思う。

この国のお寺はどっちをみても、金、金、金で飾ってあるが、ワット・タイミット、中国人が金仏寺というお寺などは、いちばんすごいだろう。

「靴をぬいで下さい」

と高さんがいうので、あたしたちはお堂の中へはだしで上がった。すると、金ピカの仏さまがスッと明るいお堂の中に坐っていられた。

純金製では、世界最大という仏さまである。

「五トン半あります」

「ワー」

とみんな、ため息をついた。

「あの親指ひとつで、世界旅行ができます」

高さんはものなれた口調で、あたしたちのおどろきの度合いを計るように、一人ずつの表情を黒眼鏡の奥からながめていた。

八木ちゃんは写真の七つ道具をかかえて、とるほう専門である。あたしたちは、とられるほう専門で、一人で、あるいは礼二やみき子となんべんもとってもらった。

高さんの説明では、この金ムクの仏さまは何でも二百年ほど昔に作られたらしいが、ある村にコンクリートの塊をぬってかくしておかれていた。ある年の洪水で台座が倒れて、前部が欠け、中身の金が出て来たので、びっくりしてひっぱがしてみると、純金だったという。

「これもっていったら、何ぼ貸すやろね、日本銀行」

みき子は、バンコクへこようが、大阪の千日前を歩こうが、ちっとも本質的な色合いはかわっていないもののいいぶりで、

「こんなん、おいといたら危のうてしようおませんやろ」

と高さんにいった。高さんは咳払いして、

「扉に頑丈なカギがついてます……夜になると、兵隊が泊まりこみで、がっちりと守護しています」

と、何か、あわれむような口元のゆがめかたをみせながらいった。

あたしは、その数奇なあらわれかたをした純金の仏さまといい、堂内をのぞいている、はだしの子供たちといい、何が何だかわからない種類の、すごい昂奮を感じてしまった。

一隅の、エハガキやカラースライドを見ている礼二のそばへいって、

「ね。——親指一本が二百万円だって」

あたしは礼二の右手のおやゆびを握って、

「二百万円。これが」

といった。礼二は笑って拒《こば》みもしないで、あたしに手をとられたまま、こんどはほかの指で、あたしの手をにぎってきた。

「こっちの仏像は、みんな面長ですね」

教師の八木ちゃんは、教材にでも使うつもりなのか、まだとりまくっている。

「さ、いこうや」

礼二は自然に、あたしの腕をわきへかかえこんで歩き出した。

「ええ」

「つぎは、ワット・アルンです」

なんて高さんはいっているが、あたしはもう、耳にもはいらないで、足元がなよなよして、頭がぼうとするような感じである。

それからワット・アルンへいったけれど、あたしは礼二のそばへいくことばかり、考えていた。せっかく志門をはなれて旅に出たのに、礼二に気をとられてるんじゃ、何をしたことかわからない。

ワット・アルンには無数の彩色をしたセトモノのかけら（花びらの形に焼いたものなど）を貼りつけた塔がある。ずいぶんけわしい階段があって、あたしはハイヒールなのでのぼらなかった。

「わたしはズックやからのぼろう……せっかく来たのにもったいないよね」

みき子は、写真をとるという、八木ちゃんとあとさきになって、ほそいけわしい階段を塔の頂上へのぼりはじめた。

「いく？」

とあたしは礼二にいった。

「やめとこう」

礼二はむっつりした感じでいった。そしてふたりは、日かげに腰かけて、観光客がアリのようにとりついているさまをみながら、八木ちゃんとみき子に関する話をしあった。八木ちゃんは三十七で独身で、高校の国語の先生で……。

「いいこと思いついたわ、礼二」

あたしは叫んで思わず、彼の手をとった。

「八木ちゃんとみき子を結婚させてやったらどうなの？」

礼二は笑った。

あたしは思わず、と書いたけど、ほんとうはどんな話題を持ち出したら、礼二の手がにぎれるかな、なんて考えてたのだ。

いままで、あたしは礼二なんて考えたこともなかったのに、旅先のせいだろうか、礼二が、とても好ましく思えてきて、妙に心がひかれる。

礼二ぐらいの男は、日本へかえればいくらもいるよ、とみき子がどなる声が、耳にきこえそうな気がする。でも、それが何だっていうんだろう。日本へかえって、礼二以上の男をみつけたって――いま、この涼風を頰にかんじ、ぴかぴかきらきらする奇妙な高い塔のかげに腰をおろして、黄衣のタイ僧や、アメリカ人観光客の、さっぱりわからない猛烈なスピードの会話をちらちら耳にはさみながら……。

「ながい一日だねえ」

と、まだ明るい西空を二人で見あげたりしているとき……やっぱり、横にいるのが、礼二でなきゃ、いけないんだ。

礼二はほっそりしている。志門は着痩せするたちだが、中身はあんがい、骨が太くてがっしりしていたのにくらべ、礼二はきっと、あたしよりほそいかもしれない。

「礼二はなぜ、そんなに旅行が好きやのん？」

とあたしはいった。

「そうやなあ――君が、お芝居がなぜ好きなのか、ということといっしょやな」

「お芝居なんか、ちっとも好きじゃない。あたしの地でいけるような役しか廻ってこない。ちっとも勉強するひまないし……恋を語っててもさ、台本のセリフをぼんやり頭の中でくり返しながら語ってるのではね……」

「恋を語ったことある?」

礼二はひやかした。あたしはぎゅっと礼二の手をにぎりしめた。青二才、だまれ、というつもりだった。

礼二はちょっとうす赤くなった。

しかし、敏感な礼二も、あたしもさっきからうまれた、何かの手ざわりを感じとっている。

昨日まではまだモヤモヤしているだけで、芽生えていなかった。それが、ワット・タイミットの金ムクの仏さまの堂の前で、礼二の指をにぎってから、……あのとき、あたしが動揺したのは、遠くまで来たなあ、日本をこんなに離れて、こんなかわった奇怪な国で、……という、旅愁みたいなものがこみあげてきたそのせいで、あやうく涙をこぼすところだった。その胸の波立ちにたえきれなくなって、礼二の指をつかんでしまったのだ。

「いやもう、高いの高くないの」

八木ちゃんと、みき子は途中までのぼって帰ってきた。

「あんなもの、止めた、みんな下りるのこわがってうしろ向きに下りてるんだもの……」

「としよりのひや水か」

「上から下をみると、クラクラする。階段の幅がせまくて、急なもんで……」

あたしたちのおしゃべりを、高さんがいつのまにかあらわれてきいていた。

彼は墨色の眼鏡をかけている。そして、あたしのほうへばかり視線をあてるように、あたしに半身の顔をみせてくる。

あたしたちはかえりに、高さんに連れていってもらって、ホテルの近くの商店へ買物にいった。

何かもってかえろうと商品仕入の旅のように、腹巻にお金を巻いてやって来たみき子は、死屍《しし》にたかるハイエナのように宝石ケースをみると、いきいきして飛んでいった。あたしは宝石を買えるほどのお小遣いはもってこなかったので、タイ特産だという絹織物のコーナーへいった。タイには山繭《やままゆ》があって、独特のつやをもった暖かい、しなやかな絹ができる。

中国人の店員たちが、かたことの日本語で相手になってくれた。鏡をみながらタイシルクのうすいブルーのを、胸にひきあてていると、店員たちは、いい、いい、というようにうなずいた。さっきみてきた仏像のような顔立の男どもである。

「どう」

あたしは、礼二にみせた。

「僕にはわからない」

彼は銀細工の柄のついたペーパーナイフを買っている。

鏡を見るのは、もう、ずっとせんに、友人の少女の代りに、堂本志門に逢いにいって、彼を失望させてからは、つくづく見入るのはタブーになっていた。けれども俳優になったからには、あたしと鏡は切っても切れぬ仲である。

鏡の中のあたしは、いつもより眼に力があってよく光るのを発見した。礼二のことを考えてるからかしら。

友人の年上の女たちが、集まって恋についての苦労話などやっているのをみると、あたしは、みんなが無駄なことをしているように思ってふしぎだった。

それというのも、あたしは志門のような、こちらが力をいれないですむ人を恋人にもっていたからかしら、志門が何かいうと、

（今日はだめ、仕事）

とか、

（明日？　だめ、京都へロケよ）

なんて、ニベもなく拒絶していたものだった。けれども、ほかの恋する人々は、おなじことわるにしても、微妙でやさしい言葉を選択しようとするから、苦労する。そういう恋の苦労が昔のあたしにはふしぎだったけど、そのころの彼女たちの眼の光りかたと、今の鏡の中のあたしの眼とはよく、似ている気がする。

あたしがタイ・シルクの反物を体に巻きつけたまま、鏡の中で考えこんでると、

「これにしますか。たいへん、美しいです」

と高さんが音もなく、やってきて、どこから見ていたのか、鏡の中のあたしにうなずいた。

みき子はそこでヒスイだの、ブラックのスターサファイヤなどを買いこんでいる。

「明日は早くから水上マーケットをご案内しますから……七時には船に乗りたいと思います。そのつもりでお支度ください」

店からぶらぶらあるいて、やっと暮方の、澄んだあかねと紫のぼかしになった夕空を背景にしたバンブウホテルへつくと、高さんはそういってかえっていった。

このへんはメナム川の流域でも、高級ホテルやビルがたち並んでいるので静かで品があって、美しい。バンブウホテルの別館のレストランで食事をすませると、みき子

は疲れたといって、はやく部屋で休みたがった。

フロントへ、朝六時のモーニングコールを礼二にたのんでもらい、さすがに若いあたしも、その晩は他愛なく眠った。

六時に、下の居間で電話が鳴った。とびおきたら、寝室の窓のほうは東にあたるので、燃えるような日の出前の紅の雲が、いちめん刷《は》かれていた。

バスを使ってお化粧しても、まだみき子は眠りこんでいる。年よりはだめだな、と思いながら、

「どうすンのよ、高さん来てるよ」

といったら、

「わるいけど、あんた、みんなといってよ。市場ぐらい、毎日、いってる。珍しいこと、あらへん。あたしはここでぐっすり眠らせてもらうほうがええ」

「やめとくか、見物」

「ふん。午後からの見物だけ、いくわ」

宝石も買ったしと、心のこりなさそうに眠りをむさぼっているので、あたしは仕方なく彼女を捨てて、ロビイへおりてみた。

高さんと、礼二が煙草をふかしていた。朝の早い南国は、もう、かなりの人の出入

りだった。

「お早う、八木ちゃんは？」

「来ないんだ、それが。眠いからねてるほうがいいッて」

「どっちも同じやな」

と、あたしは笑った。

「年よりはあかんな」

「あかん、あかん」

あたしは礼二とたった二人きりで水上マーケットの見物が出来るので、顔が赤くなるほど、うれしかった。

高さんは、二人だろうが、四人だろうが、どっちでもかまうことはない、というふうな無表情で、ホテルの裏の船つき場へ案内した。

そこはもう、同じような観光客をのせるので、若い衆や船頭が船着き場に群れていて、まだ明けやらぬ夜の名残りのモヤがただよっている水面には、同じ型のランチが散っていた。あたしたちはそのなかの一艘のモーターボートに乗りこんだ。船を動かしているのは、陰気な顔をした四十位のおじさんで、もちろんタイ人であるが、あたしにはタイ人の顔は、みんな陰気にみえる。ただ、女の人はちがう。愛嬌がいい。タイは日本とよく似ていて、女に愛嬌をしつけるようなところがあるのかもしれない。

船は、たくさんのるのかと思っていたら、あたしたち二人と高さん、それにおじさんと雑役の若者、これだけで、メナムをさかのぼり出した。

あたしはジョウゼットの服を着ていたので早朝の川風が身に沁みて、寒かった。

「おお、寒い……」

と身を震わせたら、

「こっちへお寄りよ」

礼二は無造作に腕をのばして、あたしの腰をひきよせた。それで、あたしたちはぴったり、くっついた。

みき子たちが休んでくれたおかげで、とてもうまくいきそうだ。それともみき子も、八木ちゃんとしめし合わせて、出なかったのかな？　ふっとそんなことを考えて、おかしくて独りでふくみ笑いをしてしまった。

「なに？」

「ううん、何でも」

このモーターボートは、あたりの空気をむざんに引き裂いてのぼってゆく。

「メナム川って、どうしてこう黄色なの」

あたしがいうと高さんは、

「それは、シナのコウスイが流れてくるので、こんな色なのです」

と、れいによってニコリともしないで説明した。台湾人という高さんは、シナ、シナ、と、大陸のことをいうが、それは日本人に分りやすく言葉をおきかえてるという気味があった。

コウスイ？

あたしたちは顔を見合わせた。あたしは、日本人がよくわるくちに使う、れいの黄金色の「田舎の香水」かと思い、汚い話だなあ、しかし東南アジアでは普通のことだろうなあ、汚物が川へ流れこむなんて、などと思い、それにしても、さすがに日本通のガイドだ、日本を知らないにしては日本人の隠語をよく知ってると思って感心していたら、高さんは、言葉の選択に迷う風に、ちょっと考えこんで黙っていたが、手をあげて、

「あの、ですね、……大水の、コウスイ……」

「あっ、洪水」

と礼二がいった。そしてあたしを見て、アッハハハと笑った。

おそらく礼二も、あたしと同じように「田舎の香水」のことを考えていたのだろ

う。あたしたちは大笑いした。船がメナムの中ほどへ出て軽快にすべり出しても、まだあたしはクスクス笑いがとまらなかった。

あたしと礼二は、ぴったり、まるでシャム双生児のように腰をくっつけ合って席に坐っていた。高さんはあたしたちの向かいに坐って船のゆく手をながめていたが、もう二日、あたしたちと行動を共にしているので、まるであたしの礼二に対する気持のうつりかわりを見ぬいているような気がされた。

ほんとに中国人というのは、心の置ける、ちょっと気を使わせるところがある。高さんのうすあばたの上にのっている墨色の眼鏡が、ひややかに光った。

でも、あたしたちはそんなことにかまわずぴったりくっついていた。おたがいの肌のあたたかみが衣服を通してかんじられて、ゾクゾクするようだった。

あたしは志門といるときだって、こんな充実感や幸福感はかんじなかった。それは、相手が礼二のせいかしら、それとも、熱帯の川の上という、ふしぎな光景のせいかしら? 大きな船たちはみんな、へさきに巨大な眼を極彩色に描きこんでいた。あるいは積荷を満載してどこかへ向かうもの、あるいは岸辺の倉庫に荷上げ中のもの、じつにおびただしい船だった、それでも木の葉をちらしたようにみえるほどメナムの川幅はひろい。そのゆくてには右岸のバンコクと左岸のトンブリをつないで長い、新しい橋がかかり、朝日にかがやいている。いかにもバンコクらしい、新興都市を感じさせる景気よさだ。

礼二は、あたしが寒い寒い、というのでいっそう強く引きよせた。どうしてこんなに、あたしは礼二が好きになってしまったんだろう。ごく平凡な顔立ちで、黒いなめらかな眉をしていて、ぶきような、長い手足をもっている、どこにでもいるような若い男だけど、礼二とふたりでみる、物めずらしい異国の風物は、ことさら身にしむ。

「たった二人で来られてよかったね」

と礼二は笑った。それだけで十分だった。

高さんが船首へいって、若い衆と話しこんでいるあいだ、礼二はあたしの腰へ手をまわしていた。

「僕は旅行へでても、いつか、夢の中で一度見たような景色に出あうときと、ぜんぜんおぼえのない景色がある――」

「バンコクはどう？」

「よかった。君がいるのも、何だか、はじめッから分ってたみたいな気がする」

礼二はこっちをみて、

「君は、僕の好きな女優に似てるよ。前からそう思ってた」

「だれ?」

「マリリン・モンロウ……死んだとき、希望の灯が消えたような気がした」

あたしは笑った。

「では、また、希望の灯がついた?」

そういって、礼二の指をさがして、腰掛のうしろで握りしめた。礼二はどうしたのか、それからは視線をそらして、もう、あたしを見なかった。だけど怒ったからじゃなく、彼の顔に朝日が一瞬あたって、羞恥のように赤く燃えた。

やがてモーターボートはほかの船と一しょに、掘割《クロン》のひとつに分け入った。軟らかそうな黒土の岸辺ちかくまで、マングローブやヤシの樹々が茂っている。バナナがなっている樹々もみえた。クロンは縦横に通じていて、町の通路になっているらしく、杭を打ってその上に商店が並んでいる。——しだいに水路の幅はせまくなり、裏町ふかく入りこんでゆく。

「水上マーケットへもう、入っています」

高さんは説明して、ボートのスピードを落とさせた。

あたしも礼二も、さすがにバンコク名物の水上市場の物めずらしい風物にすっかり心をうばわれて、船首に坐って、身をのり出した。何ともいえない臭気が、タイ人のあつまりから臭うが、それは川面がみえないほど無数の小舟からで、どこからともなく集まって来て、市《いち》をつくっている、物売り舟である。果物、野菜から米、炭、酒、煙草、肉類、なんでも売っている。買出しに来た船から掛け合う声、ひやかす声……。

「豚の頭もあるぜ、すごいな」

礼二は声をあげた。バナナの皮にうどんのようなものを盛ってカレーみたいなのを掛けて食べている。物うりは女が多くて、クーリー笠をかぶって、日に焼けた黒い顔に眼ばかりぎょろぎょろさせ、たくみに小舟をあやつってすいすいと、せまい舟のあいだを通りぬける。ともに二三人の幼児を坐らせて、あたしたちがこの町でもう食べた、パパイヤやバナナの果実を売る女もある。

「男は少ないのね」

あたしがいうと、

「タイの男、あまり働かないですね」

と高さんはうすく笑った。

「タイでは女のほうがよく働きます。男は子供の守りや昼寝をします」

「何だ、それなら僕もタイに生まれたかったな」

礼二はそういって、高さんと笑った。

水上マーケットに杭をたてて家をつくるのは、熱帯に住む人間のチエだなあ、とあたしは思った。ひとときの水上マーケットの混雑を通りぬけると、両岸は、商店街(水上の)になった。どの店も杭の上にあって涼しそうである。陸上の町とちっともかわらないで、散髪屋や雑貨屋や、薬局など、バンコクの裏町のおもしろい風景をくりひろげてくれる。家々は水路に面してあけはなたれ、どの家の鴨居にも国王夫妻の写真が飾られてある。モーターボートは、おみやげ品卸問屋というような大きい店のまえにとまった。高さんが、何か買うか？　というのであたしたちは船をあがって見にいった。チーク材を彫った木工品や籠細工や、奥にはタイ・シルクを手織りしてみせている工場もあった。中々、商売が巧い。

高さんは通訳のつもりでうしろからのこのことついて来て、値切ったり交渉したりした。

あたしたちはチーク材の置物をひとつずつ買った。あたしは、米ドルしか持っていなかったので、礼二は、

「プレゼントしよう」

といって、買ってくれた。

川は、もうメナムの本流ちかくなりかかって、幅ひろくなっていた。寺院の岸を通ると黄衣の坊さんが三々五々、体を洗っていたりする。その横の家では、水面までの段々を下りて、女がスカートをからげて皿を洗っている。

川の水はいっさいをのみこんで悠々と流れてゆく。

朝日がハッキリ暑くなり出して、水面は陽光の照り返しが強くなった。かなり高級な住宅地が並び、白いペンキぬりの家々が朝日に輝いている。そういうモダンな家は、一軒一軒に、おのおのの船つき場をもっていて、自家用の大型モーターボートをつないであったりした。

高さんは果物をすすめてくれた。てのひらにはいりそうな、紫色の、ちょっとイチジクを丸くしたようなものである。

「マンゴスチンです。果物の女王といわれています。割って、中の白い実を食べます」

彼はナイフを使って、四つに割った。ツルリとした白い実があらわれた。バナナもパパイヤも、バンコクへ来て食べたけれど、あたしは、このマンゴスチンが、美味《おい》しかった。ツルリ、フアリ、とのどを通って、さわやかな甘味があとへのこる。

ボートはもとのホテルのうらの船着き場へついた。礼二が手を貸してくれたので、あたしはそれにつかまってあがった。

ぼつぼつと昼だったので、

「みんなでそろって、オリエンタルホテルの上へ昼ごはんを食べにいこう」

と礼二がいった。あたしたちはエレベーターであがり、そのあいだ、誰にも会わなかったので、腕を組んだままだった。

「バンコクの町は好きやな」

廊下をあるきながら礼二はいう。窓のそとには、モヤにかすんだ町が見下ろされた。ところどころ、王宮だの寺院だのの、金パクの塔の尖端が突き出ているのが、きらきらと光ったりした。

「〝私に親切な街〟という小説を書きなさい」

とあたしはいった。あたしは彼の書いた小説、そしてこんどの旅行をもたらしてくれた〝私につれない街〟を読んではいなかったが、テレビで筋は知っていた。

「小説なんて、もう、書かない」

礼二はいった。

「それに、こんどどこへ旅行しても、……きっと、もう、どこへいっても……僕には、見知らん町にみえる、おもうわ。——こんな、きれいな印象の町はないよ」

そこは階段の踊り場だった。

「たのしかった」

礼二はぐずぐずして手をさし出した。あたしは礼二を、のびあがって力いっぱい抱いた。

絶対、サービス精神からじゃなく……礼二はびっくりしたみたいだった。でもすぐ、腕を廻してあたしを骨の砕けるほど抱いた。それから、キスした。

はげしい恍惚《こうこつ》があたしをとらえた。とつぜん、あたしには何もかも、カーテンをあげられた舞台のようにハッキリみえた。あっと思った。こういうことのために愛ということばや、愛の動作はあるのだ、……しかし、そこではもう、「愛してる」というコトバは必要でない。

「まだ、まだあと一週間……いくつもの町を見てあるけるわ」

あたしは礼二の胸でいった。

ボーイの足音がきこえたので、あたしたちは右と左に別れて部屋へはいった。

みき子は太い足にのろのろとくつ下をはいていた。あたしの顔をさぐるようにじろじろ見たので、あたしはわざとみき子を平気で見返した。

「あンた、たいへんなことになったわね」

みき子は、こんどは別の脚にストッキングをはきながら……同情するみたいに、

「どうすンのよ。あたし、もう知らんよ」

といった。

まさか、さっきの礼二のことを見てたわけでもあるまいに……あたしがぽかんと唇をあけたままでいると、

「あれッ、下のロビイであわなかった?」

「誰?」

「まあ、知らんと上がってきたん? ……」

みき子は勢いよく、

「志門が追いかけて来たよ、ここまで」

もめ事の好きな、この老嬢は、いまはかくしきれず、うれしそうに、もみ手をしている。

4

志門はさっき着いたという。青いしまのシャツに白いズボン、体を洗ったとみえて、さっぱりといい匂いをたて、ゆっくりサングラスをはずしながら近寄ってきた。

「こんにちは」

みんな、志門の顔は知っていた。志門はもちろん、一人も知らなかった。あたしが紹介した。志門は終始、サインを求められたときのようにニコニコしていた。

「お昼をいっしょにしましょう」

礼二は、同じ芸能人だから、志門があたしをたずねたと思っているらしく、八木ちゃんと先にあるいていき、みき子も、何となくとッつき悪いふうで、そのあとをひとりで歩いた。

志門もあたしも黙っていた。あたしは東京に志門がいってるときに、出発したから、わかるはずはないのに、こう早く追いかけてくるところをみると、志門のほうでも、早くに情報をキャッチして準備していたんだな、と思いめぐらせた。しかし、あたしも志門も、そのことについては、一言も口を利かなかった。

「暑い町だな。クリスマスだというのに」

「…………」

「もう、どこか見物したかい？」

「うん」

「何だよ、そのふくれッつらは。笑う門にはラッキーカムカム。旅はゆきずり、世は情けだ」

オリエンタルホテルについた。最上階のレストラン「ノルマンディ・グリル」に、五人そろってはいっていった。

両側ともガラス窓になっていて明るく、片方にバンコク市街と、反対側にはメナム川をへだててトンブリ市街を見おろせた。奥はガラスの仕切りがあり、そこはひいらぎを飾ってメリー・クリスマス、なんて書いてある。それでクリスマスか、ということになるのだが、何しろ三十四五度の戸外、冷房の利くホテル、何もかも季節感がずれて狂ってしまい、さっぱり感じが出ない。

高いたてもののないこの町のことで、町がずうっと見渡せるのが気持よかった。みき子は窓ぎわの席へまっさきに坐ったので、みんなもそのテーブルについたが、あたしは、さっき、階段の踊り場から見た景色が思い出されて切なかった。

運ばれてきたステーキを切りながら、

「よく、おひまが出来たですね、おいそがしいでしょう」

と八木ちゃんが、年長者らしく、志門をいたわった。

「ええ、……せっかく来たけど、どこへもまわれません……トンボ返りです」

志門はあいかわらず美しくて、惚れ惚れするような男っぷりだった。酒を飲んだら、ゴロツキになるなんて、信じられないわ、という顔をして、みき子は志門をみていた。志門はあたしに視線をやらないで、

「どちらへこれから？」

「カンボジアです」

と礼二がいった。志門はニコニコして、

「そりゃ、いいなあ、だけど、僕にはたぶん行けないなあ……」

「××ちゃんは去年、東南アジアへ来たわね」

とあたしは、志門とあたしの共通の知人の名をもち出して、話題をつくろった。

「うん、アジア映画祭のときだな。そんなときでもないと、いけないな」

「あんた、よく出てこられたわねえ」

あたしが探るようにじろじろ志門をみたのがわかったらしく、志門はこらえかねたようにふき出した。フォークとナイフの手をひかえると、長い脚をテーブルの下からのぞかせて、

「みてくれ——足はあるよ。幽霊じゃないよ」

みんな、笑った。中国人の怜悧《れいり》そうな中年の給仕が、すばやい表情で、一行の席へ目を走らせたが、すぐまた、そしらぬ顔をして、視線をそらせた。

「いや、ほんというと……僕は偶然だったんだ」

彼がとっている映画はホンコンでロケをしていたが、彼はホンコンへいかなくてすむようになっていた。ところが、ホンコンへいくはずの役者がどうしてもいけなくなって、彼に白羽の矢がたてられた。タイ国のビザをとって、ホンコンロケをすませるなり、バンコクへ飛んできたという。ここに一二日いて、またホンコンへかえらねばならない……。

みんなは同情してきいているが、あたしはフーンと思っていた。どこまで本当かうそかわからない。が、黒ともブルーとも、いいようのない深い瞳の色をした志門が、明るい表情で弁舌さわやかにしゃべると、たいへん説得力がある。志門はこれで、世

の中をごまかしてるのである。

「水上市場は面白かったの？」

　みき子がきいた。

「臭かったわ……」

「何の臭い？」

　みんな、ふしぎがった。

「タイ人の香辛料のせいやろ。体臭がきつうて……」

　礼二がいった。

「そんな臭いとこ、いかなくてよかった」

　みき子が喜んでいるので、

「でも、よかったわ、メナムの川岸の風景――ねえ？」

「ああ」

　あたしは志門のまえで、わざと礼二にいった。志門はうつむいて食べていたので、表情はみえなかった。

　あたしたちの隣の卓に、若いアメリカ人の男が一人で、黙々と食事していた。彼は醜いソバカスだらけの大男で、眼鏡をかけており、従軍記者でもあるかというようなドタ靴をはいて、猫背だった。彼はあたしたちの会話に耳を傾けていた。日本語がわかるのかもしれなかった。彼のほうが早く、席をたった。

「〝孤独なアメリカ人〟は去ったわ」

あたしがいうと、バンコクの果物についてしゃべりあっていたみんなはびっくりして、テーブルをみた。あたしたちは、バンブウホテルのロビイで、その若い旅行者を何べんもみたので、みんな顔なじみだった。〝孤独なアメリカ人〟というアダナをつけたのは礼二である。

「あいかわらず、——男のことがよく、目につくんだなア」

といったのは志門だった。志門はそういいながら、あたしのおデコをつついた。

その動作に、いちばんハッとしたのはもちろん、あたしだったが、みき子の顔色にも変化があった。志門の動作には、何ともいえない色気みたいな、昨日や今日、親しくなった人にするのでない、ある種のなれなれしさがあり、崩れた物言いも、動作にふさわしかったから。でも、それはやっぱり、女だけにわかる感覚だったとみえ、礼二も八木ちゃんも、同じ仕事をしている人どうしのしたしさのせいだろう、と見逃したふうである。

何となくぎごちなく五人はレストランを出た。バンブウホテルのガーデンへかえって、日かげの椅子で、プールをながめていたら、白人の青年たちが、水しぶきをあげて泳いでいる。

「メナムというのは、母なる水のことだってね」

志門がいった。それから、川のそばに出て、

「やあ、あんな船がいくよ、千果ちゃん、来てごらん」

と立って呼んだ。仕方なく、芝生から段々になって下りていく川のそばの遊歩道のベンチへいくと、生垣がたかくて、プールのそばの椅子からはみえない。

「びっくりしたろう」

「ホンコンロケってほんとなの？」

志門は、ふんと鼻の先で笑って、

「どうしてこんなことするんだい——だまって出発しなくてもいいんじゃないかねえ……君が出たというんで、ぎょっとするほどびっくりした」

「こっちこそびっくりしたわよ」

「こわい顔すンなよ」

志門がはじめて、低い声になった。みんなの前では声を張って明るくいうけれども、志門の地声は低い、陰惨な、ぞッとするような嗄《か》れた声である。

そのちがいを知っているのは、きっと、あたしだけだろう。

「志門……」

志門はゆううつな顔をしたまま、靴の先で石を蹴って、黄褐色の水に落とした。あたしはれいの、いけないサービス精神がムクムクと頭をもたげて来て、志門が可哀想でたまらなくなった。思わず、

「うれしかったわ、さっき、顔見たとき」

と言ってあげた。

志門はパッとうれしそうな顔をした。何かいおうとしたところへ、礼二が顔を出して、

「高さんが来たよ。王宮見物にいきませんか?」

礼二ははじめの言葉は、あたしにいい、あとのほうは志門にいったのである。

志門は一も二もなく、ついてきた。

高さんは小型のバスのそばで、くたびれた上着をつけて、縄きれのようなネクタイをむすび、めずらしくきちんとして立っていた。

「王宮の参観はネクタイと上着をつけないとゆるされません。ムーヴィカメラも禁止です」

それで、男たちはあわてて、服装をととのえにいき、そのあいだ、あたしとみき子は、高さんと話していた。

「きのう、宝石を買いましたか」

高さんは敬語が使えないらしかった。

「スターサファイヤよ」

みき子は見せた。

「ジルコンは買わなかったのですか？」

「日本には人造宝石がたくさんあるんですものね」

「そうですね。日本の人には、このごろ、ジルコン、人気がなくなりました。ヒスイ……猫眼石は？」

高さんがならべたてると、みき子は心をうばわれたふうで、

「あッ、猫眼石をもういちど見にいこう。日本よりだいぶ安いかしら、ちがわないかしら」

「さあ」

高さんは女たちの心を見すかすように、色眼鏡の下のくちもとをすこしゆがめた。

彼はずいぶん今まで、沢山の観光客の女たちが、物を買いあさるすさまじさを目にし

て、そんな笑いをもらしたにちがいない。

「宝石、気に入りましたか？」

高さんはあたしに向いていった。気に入ったのがありましたか、という所だろう。

「いえ。買わないわ、あたしは身につけないことにしてるの」

あたしはふいに、

「高さん、奥さんあるの？」

高さんは黒い眼鏡の奥の眼をしばたたいて、

「家内は、アユチャにいます」

としゃれた日本語で、家内なんていった。アユチャはメナム川の上流の、山田長政らの日本人村の遺蹟で有名な所である。

みんながそろって、小型バスにのりこんだ。

あたしの席は偶然かどうか、志門のとなりになった。志門は早速、小声で、

「あのガイドは君に、気があるみたいだぞ。君のほうばかり、見てるじゃないか」

「もう、ヤキモチやいてんの？」

あたしと志門は笑ったり、ちょっとつねったり、つつき合ったりした。でもそれは、あたしには、ホッとしたような昔なじみの感情だった。志門をみていると、彼を

よろこばせたくてたまらないサービス精神がおきてくる。

　あたしは同情っぽいらしい。礼二はいちばん前の席で、みき子としゃべっていた。車はまるで、大阪の千日前か、神戸の三宮界隈《かいわい》かのような繁華街をよこぎった。目ぬき通りのヤワラードである。

　王宮はまるでお伽《とぎ》の国の宮殿みたいだった。眼もそまりそうな青空の下に、せん細な屋根が金色に輝いて、白い壁と青い樹々の緑。壮大な庭園には紅の花がこぼれるほど咲き、どこもかしこも金色である。

　王宮のとなりのワット・プラ・ケオというお寺も、夢のような美しさだった。青い色硝子と中国わたりの彩色陶片をはりあわせ、金パクでうずめつくした塔には、さらに純金製の風鐸《ふうたく》が鳴っている。何しろ金だから、チロチロと澄んだ音色がする。

「竜宮城のようでしょう。こんなきれいなものは日本にもありませんでしょう」

　高さんは自慢した。

　お寺というと日本ではみんなくすんでいるのに、この国のお寺は浮かれた色をしている。国の富をあげてお寺へつぎこんだようで、やはりこの国の烈しい日光、濃い青空と木々の緑には、この華麗さがふさわしいのかもしれない。でも、お寺や宮殿がとびぬけて美しいのは、かえって国全体が貧しいことを示すときもある。けれども、いまのバンコクは、あたらしい道ができたり、高い建物ができたりして、どんどん生成発展している感じだから、お寺の修理でもきれいにいきとどくにちがいない。

「これ、職人の手間賃、えらい掛かるやろねえ」

とみき子は例の現実的な声を出して、こまかい陶片をはりつけた仕事を感心している。何十メートルの高さにまで二センチ角ぐらいの陶片をはりつけていく、その気の遠くなるような作業を思うと、やはり南国のやりきれない物憂さを感じずにはいられない。美しいが、何か、うわのそらのような、空しい美しさの建物のむれである。

(うわのそら、というのは、つまりあたしもこの建物にどッか似てるのかもしれない)

ラマホテルという、最近出来たばかりの近代ホテルの上で、タイダンスをみて、バンブウホテルへかえると、夜だった。

建物自体が浮き浮きして、メナム川沿いのホテルの中庭にはみな、かけつらねた赤や緑の電球が風にゆれている。バンドがホールに入っていて、クリスマス・イブなのだった。

あたしたちは、今夜は階下の食堂で食べた。

暗い水面を、灯をつけた船が音もなくすべってゆくのがみえ、

「乾盃！」

と志門がいって、ビールで乾盃した。

まわりが、アメリカ人やフランス人ばかりで、陽気にさわいでいるので、あたしたちもつりこまれずにはいられなかった。

「どこから来ました？」

白人の少女が志門にいっていた。あたしは音楽がはじまったので、礼二をさそった。

「いや、踊れない、僕はあかん」

「みんなでいこう」

志門はうまく誘いこんで、テーブルをはなれた。あたしは志門と組んだ。白人の少女は礼二と組んだ。バンドにちかい席のテーブルにいた白髪の老夫婦が、青い眼をほそめて、ニコニコしながらあたしたちをながめていた。

「出よう。庭へいかないか」

志門はさそった。するとあたしは、わざわざ追って来た志門のために、それくらいしてやらなくてはいけないな、とほとんど絶望みたいに考えていた。あたし、あんたなんかちっとも好きじゃないのよ、とひとこと言えばそれですっかり終りになるの

に、

「うん、いくわ。あとでね」

といってしまった。

テーブルへかえると、尻の重いみき子と、八木ちゃんは、「大阪で食べもののうまいところはミナミかキタかアベノか」ということをあげつらっていた。キタでも、地下街のどこそこ、八番街のどこそこ、曾根崎《そねざき》のどこそこ……ほんとに、バッカじゃなかろうか、こんなに遠い美しい熱帯の都市へ来て、クリスマス・イブにめぐりあわせて、川と灯と音楽とビールがあるというのに……。しかし、みき子はみればもう相当よっぱらっており、八木ちゃんもすっかり廻っているらしかった、二人はたいへん意気投合していた。

「八木ちゃん、踊らない？」

とあたしがいうと、

「若い人は若い人どうしでたのしんで下さいよ。……ねえ」

といった。ねえ、はみき子にいったのだ。

「あんたらは、たぶん知らんでしょうが、僕らはいま、大東亜共栄圏万歳、ということで意見が一致しとるんですわ」

といって、ビールをぐっと干した。

「ジャパニーズ？」

三角帽子をかぶった白人の青年が、ウィスキーグラスから酒をこぼしながら、みき子のそばへ来た。

「イエス、イエス」

みき子は青年と握手しながらおじぎしている。それから、

「ジャパニーズのためにがんばって下さい」

と頭をさげて、げらげら笑った。

志門は臼《うす》のような大きい腰廻りをしたアメリカの老婦人と踊っていた。彼は、うすい黄金色に輝く皮膚をもっていて、柔らかい黒髪がちょっと波打っているところ、いかにも目立つ美青年だからだろう。

あたしはピンクのレースのドレスを着ていたが、よく似た色の服の、黒髪の女が、壁ぎわにいて、男と話しこんでいた。志門は、あたしとまちがえたのか、その女のそばへいってひとこと、ふたこと話しかけ、こんどは、きょろきょろさがすふぜいである。

あたしは中庭をぬけ出して、そっと、木立ちの闇にまぎれた。ここまでくれば、川

風にぶらぶら揺れている提灯《ランタン》の灯もとどかない。たしかに礼二がさっき、ロビイのほうへぬけたのをみたんだけど、と思った。そしたら、コーラの売店の前で、〝孤独なアメリカ人〟と話しこんでいる礼二をみつけた。アメリカ人は、手に拓本をもって礼二と、アンコール・ワットの話をしていた。彼は考古学者だったのだ。

正直、あたしはアンコール・ワットなんか、どうでもよかった。礼二とふたりきりになりたくて仕方なかった。礼二はあたしの腕をとって、

「みんなは？」

「大さわぎよ」

礼二は、ホールへもどりかけた。あたしが連れもどしに来たと思ったにちがいない。

〝孤独なアメリカ人〟は会釈《えしやく》して、ゆっくりと、照明のあるプールサイドへもどった。

「礼二」

あたしはたちどまった。

「気分がわるいの、あたし」

どんな顔になっていたろう。きっと、思いつめてこわいような、ほんとに気分のわ

るいような表情をみせていたのかしら。

「礼二、つれていって、部屋へ」

礼二はゆっくり、あたしに腕を貸してあがった。エレベーターが一階ずつあがっていくのは、心臓の音でわかった。だんだん、ひどくなったからだ。

「おやすみ」

部屋に灯をつけて、あたしを入れると、礼二はなかへはいらないで、戸口でいった。あたしは彼の体を入れてから戸をしめた。キイをかけると、玉突きの玉みたいにぶつかってキスした。

「サービス精神じゃないのよ」

とあたしは泣きながらいった。礼二はよくきこえなかったので、もういちど聞こうとして、

「なんて？　僕の可愛いマリリン・モンロウよ」

と頭をさげて、耳をよせようとした。あたしは彼の首に手をかけてぶらさがるように、いうなら、首っ玉にかじりつく、という恰好になった。ふたりとも同時に動作をはじめたから、あたしのやわらかな胸が彼の体のどこかにしたたか当った。「痛い！」というと、彼はあわてて、あたしの乳房をすくいあげるように服のうえからあ

てた。それから、自然に軽々と抱きあげて、上の部屋への階段をのぼっていった。窓の外には暗い空に星があった。それは、ベッドに仰向けになると、日覆いのためにみえなくなった。ベッドはトウで軽かったので、礼二がはげしい勢いで身をなげかけると、つるつるにみがいた床を氷滑りのようにすべって、柵におしつけられた。柵は高くはなかったので、そこから落ちれば下の部屋の長椅子へ墜落してしまう。

「あぶないわ、こわいわ、こわいわ」

とあたしはいった。そのなかには、いろんな意味がいっぱいあった。ベッドから落ちること、志門にみつかること、そして、礼二とある仲になってしまったら、そしたら……志門のときみたいじゃなく、どんなに苦しむだろう。いまやっとあたしはわかったのである。志門があたしを好きになったのは、あたしが礼二を好きになったように、どうしようもないもの、サービス精神じゃできない何か、だったにちがいない。

だったら、あたしが志門にうわのそらであしらっていたように、礼二も、あたしをそう、あしらうようになったら、どんなに苦しむだろう。「礼二、やめて!」あたしは恐怖に打たれたように小さく叫んだ。礼二はとまどったようにちょっと頭をもたげた。けれどもあたしの指は彼のシャツをぬがせにかかっていた。

ちょっと、ドアのノブががちゃがちゃッと鳴った気がした。あたしも礼二もびっくりして手をとめた。でも、それっきり、だった。それで、あたしたちは灯を消した。

あたしは礼二も、礼二の動作も、とても好きだった。

朝の食堂に勢ぞろいすると、可愛いタイ人のボーイが、

「メリー・クリスマス」

と、れいの、ニッコリした笑いをみせ、やって来た。あたしたちは朝食前で、志門を待っていた。

「ミス・サワに伝言です」

ボーイが、紙きれをあたしにおいていった。

「ホンコンへたちます。さようなら。志門」

「志門、かえったわ」

とあたしは叫んだ。

「今日の昼の飛行機やなかったん?」

みき子はいちばん大きなバナナをとるために、くだものの皿をひっくり返しながら、きいた。

「どうしたんだろ」

それでも、あたしたちもあんまりゆっくりはできなかった。十一時のエア・ベトナ

ムに乗りこむはずだったから。

高さんが来て、出国カードの書きこみをすませたのを、みんなにくばってくれた。

志門がいないことで、あたしはのびのびしていた。ゆうべ、ドアがちょっと鳴ったのは志門であるような気もされた。敏感な、かれのことだから——志門は去ったのだわ、きっと。ニッポンへかえってすこしゆううつな事件が、あたしを困らすかも知れないが、でも、まだあと数日、礼二といられるのだ。あたしと礼二は、まるで目に見えない引力が二人をむすびつけているように、どこにいても視線をかわしあった。体がふれ合うと、指が、強いツタのようにからみ合った。八木ちゃんとみき子は、戦争中の思い出を話し合って、つきるところを知らぬありさまだった。——知らぬ人がみれば、二組の夫婦みたいだったのかしら？

礼二がそばへ来ると、あたしは強いしびれに似た幸福で、頭がくらくらした。彼の体臭をおぼえたので、うしろを向いてても、彼が近寄ったときはわかった。

空港で、航空券と引き換えに、搭乗券をもらってしばらくしたときだった。

英語の大声がきこえ、ただならぬささやきが、待合室いっぱいにふくれあがった。

高さんがいそぎ足でやって来た。

「落ちたんです、朝の便が墜落して……」

高さんは眼鏡を今日はかけていなかったが、あたしには、彼の眼のあたりが、まっくらにかげってみえた——それとも、卒倒する前だからあんなに暗くなったのかしら？

「知ってるわ、志門の飛行機が落ちたんだわ……」

あたしは、そう叫んだとあとでみき子から聞かされた。ほとんど、絶叫みたいだったそうだ。

ニッポンへかえってから、冬の氷雨がつづいた。

礼二には会ってない。いや、——そうだわ、いちど、阪急阪神前の、あの、赤い醜悪な、人工の橋の上で、バッタリ、あったっけ。橋の下にはメナムの川水ならぬ、車の行列がとぎれめなくつづいていた。

「元気？」

と彼は力ない微笑をみせた。

「うん。またね……さようなら」

あたしは礼二なんか愛したはずはない、とそんな気がされた。きっと、あのメナムの黄土いろの川水と金パクの塔、蜃気楼《しんきろう》のような水上市場のせいだ。志門が死んで蜃気楼は消えてしまった。

(志門！ かえって来て、志門！)

あたしは涙のあふれるに任せて、あるいた。雨にぬれるので、まぎれてよかった。礼二はあのバンコクの街のことを小説に書くかしら？

「私の愛したマリリン・モンロウ」なんて。……志門がいろんなものを美しくみせてくれたのかもしれない。死んだ彼のいろんな表情があたしの胸で、あつく燃えた。

あとがき

この本に収めた作品群は文字通り初期のもので、「うたかた」を除くほかは、すべて未収録である。

年代順に並べると左の通りである。

「虹」〈文芸大阪〉二集　昭和32年1月
「大阪の水」〈婦人生活〉昭和39年4月
「うたかた」〈小説現代〉昭和39年6月
「突然の到着」〈文学界〉昭和39年8月
「私の愛したマリリン・モンロウ」〈小説現代〉昭和40年7月

「虹」は私の作品中、もっとも早く活字になったもので、このあと六年ほどして「感傷旅行《センチメンタルジャーニィ》」で第五十回芥川賞を受けた。

私はいわゆる純文学風作品から出発して、中間小説に移行したかのようにいわれることがあるが、私自身としては、区別して書いているわけではない。それは処女作

「虹」を見て頂いてもわかると思う。そのへんの推移の事情が解明されている点でも、この作品集はユニークな存在といえるかもしれない。

「虹」は懸賞に応募して一席になった作品である。大阪市の外郭団体に「大阪都市協会」というのがあり、大阪の「若い新人」に「刺激と影響」を与えるため、発刊された文芸雑誌だった。昭和三十年代のはじめは文運興隆期で、文学志望者には夢多い時代だった。私は「虹」で「大阪市民文芸賞」を獲得した。その時の選者は、藤沢桓夫氏と長沖一氏である。「小説としてはずいぶん下手なところもあるが」「素直で好感がもてる」という評を頂いた。

私はどうも、ほめられたり、やさしくされると発奮するたち、らしい。翌年、はじめての長篇「花狩」を出版した折、「文芸大阪」の編集者の一人、小原敬史氏や、詩人の足立巻一先生がいろんな方に引き合せて下さった。サンケイ大阪本社の文化部長に、「まあ、せえだいがんばりなさい」とあたまを撫でるように励まされ、これは福田定一氏、すなわち、司馬遼太郎氏であった。

芥川賞受賞のあと、私は当時「小説現代」編集長の三木章氏にお手紙を頂いた。ウチに書いてごらん、といわれるものだった。嬉しくて飛び上ってしまった。生まれてはじめての中間小説「うたかた」をおそるおそる書いて出すと、三木氏は折返しおほめのお手紙を下さった。「ヨカッタ、ヨカッタ」と、これまた、あたまを撫でるような調子で、私は完全にのぼせあがり、同時に、何かあたらしい世界がひらけたように思った。「突然の到着」にはまだ、余分な飾りがいっぱいくっついて気取っているが、「私の愛したマリリン・モンロウ」で、私は、私の書きたいように書いていくことにきめた。思うに、三木氏の手取り足取りの教導がなければ、摸索の時代はもっと長くつづいたであろう。（いや、今も、新たな摸索低迷はつづいているが――）「大阪の水」は昔、「花狩」連載の時、新人に快く紙面を提供された、「婦人生活」へ、感慨こめて受賞第一作を書いたわけである。

いま、こうして初期作品集を前にして思うのは、今までなんと多くの友情に支えられてきたかということだ。ねんごろな好意を示して下さった先輩諸作家、編集者の方々に、感謝をこめて、この作品集を捧げたいと思う。

なお、これらのあるものは、筺底ふかく秘めて埋もれたままだった。それを出版部の佐藤瓔子さんが発掘して整理して下さった。とくに記してお礼を申しあげたい。

田辺聖子

昭和五十年十月

この本は一九七五年に単行本化、一九八〇年に
文庫化されたものに修正を加えた新装版です。

|著者|田辺聖子　1928年大阪府生まれ。樟蔭女子専門学校国文科卒。'64年『感傷旅行（センチメンタル・ジャーニイ）』で、第50回芥川賞受賞。'87年『花衣ぬぐやまつわる……』で第26回女流文学賞受賞。'93年『ひねくれ一茶』で第27回吉川英治文学賞受賞。'94年第42回菊池寛賞を受賞。'98年『道頓堀の雨に別れて以来なり』で第50回読売文学賞、第26回泉鏡花文学賞、第３回井原西鶴賞特別賞を受賞。'95年紫綬褒章受章、2000年文化功労者となる。古典や評伝、小説にエッセイ多数。'07年デザイナーの乃里子を主人公とした『言い寄る』『私的生活』『苺をつぶしながら』の三部作が復刻版として単行本刊行、世代を超えた女性たちの支持を集めている。

うたかた

田《た》辺《なべ》聖《せい》子《こ》

講談社文庫

定価はカバーに
表示してあります

2008年９月12日第１刷発行

発行者──野間佐和子
発行所──株式会社　講談社
東京都文京区音羽2-12-21　〒112-8001
電話　出版部（03）5395-3510
　　　販売部（03）5395-5817
　　　業務部（03）5395-3615

デザイン──菊地信義
本文データ制作──講談社プリプレス管理部
印刷───豊国印刷株式会社
製本───株式会社若林製本工場

Printed in Japan

落丁本・乱丁本は購入書店名を明記のうえ、小社業務部あてにお送りください。送料は小社負担にてお取替えします。なお、この本の内容についてのお問い合わせは文庫出版部あてにお願いいたします。

ISBN978-4-06-276001-0

講談社文庫刊行の辞

二十一世紀の到来を目睫に望みながら、われわれはいま、人類史上かつて例を見ない巨大な転換期をむかえようとしている。

世界も、日本も、激動の予兆に対する期待とおののきを内に蔵して、未知の時代に歩み入ろうとしている。このときにあたり、創業の人野間清治の「ナショナル・エデュケイター」への志を現代に甦らせようと意図して、われわれはここに古今の文芸作品はいうまでもなく、ひろく人文・社会・自然の諸科学から東西の名著を網羅する、新しい綜合文庫の発刊を決意した。

激動の転換期はまた断絶の時代である。われわれは戦後二十五年間の出版文化のありかたへの深い反省をこめて、この断絶の時代にあえて人間的な持続を求めようとする。いたずらに浮薄な商業主義のあだ花を追い求めることなく、長期にわたって良書に生命をあたえようとつとめるところにしか、今後の出版文化の真の繁栄はあり得ないと信じるからである。

同時にわれわれはこの綜合文庫の刊行を通じて、人文・社会・自然の諸科学が、結局人間の学にほかならないことを立証しようと願っている。かつて知識とは、「汝自身を知る」ことにつきていた。現代社会の瑣末な情報の氾濫のなかから、力強い知識の源泉を掘り起し、技術文明のただなかに、生きた人間の姿を復活させること。それこそわれわれの切なる希求である。

われわれは権威に盲従せず、俗流に媚びることなく、渾然一体となって日本の「草の根」をかたちづくる若く新しい世代の人々に、心をこめてこの新しい綜合文庫をおくり届けたい。それは知識の泉であるとともに感受性のふるさとであり、もっとも有機的に組織され、社会に開かれた万人のための大学をめざしている。大方の支援と協力を衷心より切望してやまない。

一九七一年七月

野間省一

講談社文庫 最新刊

講談社文芸文庫

古井由吉

夜明けの家

生死の境が緩む夜明けの幻想を語った表題作を始め、「祈りのように」「山の日」など、「老い」を自覚した人間の脆さと、深まる生への執着を日常の中に見据えた連作集。

解説＝富岡幸一郎　年譜＝著者

ふＡ6

978-4-06-290025-6

川村二郎

白山の水　鏡花をめぐる

鏡花の世界を地誌的・民俗学的に読み解く長篇エッセイ。作品の幻想性の深奥にある北陸の山と水、それらを宰領する精霊たちのうごめきを感じとる、巡歴の記録。

解説＝日和聡子　年譜＝著者

かＧ3

978-4-06-290024-9

山崎正和

室町記

日本史上稀にみる混乱の時代――室町期は今日の日本文化の核をなすものが多数創造された時代でもあった。この豊かな乱世を鮮やかに照射する画期的な歴史評論。

解説＝本郷和人　年譜＝編集部

やＭ1

978-4-06-290026-3

清涼院流水　彩紋家事件 (I)(II)(III)
瀬尾まいこ　幸福な食卓
曽野綾子　幸福という名の不幸 (上)(下)
曽野綾子　私を変えた聖書の言葉
曽野綾子　自分の顔、相手の顔〈自分流を貫く生き方のすすめ〉
曽野綾子　それぞれの山頂物語 今こそ主体性のある生き方をしたい
曽野綾子　安逸と危険の魅力
曽野綾子　至福の境地
曽野綾子　なぜ人は恐ろしいことをするのか
曽野綾子　透明な歳月の光
蘇部健一　六枚のとんかつ
蘇部健一　六とん2
蘇部健一　長野・上越新幹線四時間三十分の壁
蘇部健一　動かぬ証拠
蘇部健一　木乃伊《ミイラ》男
蘇部健一　届かぬ想い
瀬木慎一　名画はなぜ心を打つか
宗田　理　13歳の黙示録
宗田　理　天路TENRO

曽我部　司　北海道警察の冷たい夏
田辺聖子　古川柳おちぼひろい
田辺聖子　川柳でんでん太鼓
田辺聖子　私的生活
田辺聖子　苺をつぶしながら〈新・私的生活〉
田辺聖子　不倫は家庭の常備薬
田辺聖子　おかあさん疲れたよ(上)(下)
田辺聖子　ひねくれ一茶
田辺聖子　「おくのほそ道」を旅しよう〈古典を歩く11〉
田辺聖子　薄荷草《ペパーミント・ラヴ》の恋
田辺聖子　愛の幻滅(上)(下)
田辺聖子　うたかた
立原正秋　春のいそぎ
立原正秋　雪のなか
谷川俊太郎訳 和田　誠絵　マザー・グース 全四冊
立花　隆　中核VS革マル (上)(下)
立花　隆　日本共産党の研究 全三冊
立花　隆　青春漂流
立花　隆　同時代を撃つ I~III〈情報ウォッチング〉

立花　隆　生、死、神秘体験
高杉　良　虚構の城
高杉　良　大逆転!〈小説三菱・第一銀行合併事件〉
高杉　良　バンダルの塔
高杉　良　懲戒解雇
高杉　良　労働貴族
高杉　良　広報室沈黙す(上)(下)
高杉　良　会社蘇生
高杉　良　炎の経営者 (上)(下)
高杉　良　小説日本興業銀行 全五冊
高杉　良　祖国へ、熱き心を〈東京にオリンピックを呼んだ男〉
高杉　良　その人事に異議あり〈女性広報主任のジレンマ〉
高杉　良　社長の器
高杉　良　人事権!
高杉　良　小説 消費者金融〈クレジット社会の罠〉
高杉　良　小説 新巨大証券(上)(下)
高杉　良　局長罷免 小説通産省
高杉　良　首魁《しゅかい》の宴《うたげ》〈政官財腐敗の構図〉
高杉　良　指名解雇

高杉　良　燃ゆるとき
高杉　良　挑戦つきることなし〈小説ヤマト運輸〉
高杉　良　辞表撤回
高杉　良　銀行大合併〈短編小説全集(上)〉
高杉　良　エリートの反乱〈短編小説全集(中)〉
高杉　良　金融腐蝕列島(上)(下)
高杉　良　小説ザ・外資
高杉　良　銀行大統合〈小説みずほFG〉
高杉　良　勇気凜々
高杉　良　混沌《こんとん》 新・金融腐蝕列島(上)(下)
高杉　良　乱気流(上)(下)
高杉　良　小説会社再建
高橋源一郎　日本文学盛衰史
高橋克彦　写楽殺人事件
高橋克彦　悪魔のトリル
高橋克彦　総門谷
高橋克彦　北斎殺人事件
高橋克彦　歌麿殺《さつ》贋《がん》事件
高橋克彦　バンドネオンの豹《ジャガー》

高橋克彦　蒼《あお》夜《や》叉《しゃ》
高橋克彦　広重殺人事件
高橋克彦　北斎の罪
高橋克彦　総門谷R 阿黒篇
高橋克彦　総門谷R 鵺(ぬえ)篇
高橋克彦　総門谷R 小町変妖篇
高橋克彦　総門谷R 白骨篇
高橋克彦　1999年〈対談集〉
高橋克彦　星封陣
高橋克彦　炎立《ほむら》つ 壱 北の埋み火
高橋克彦　炎立つ 弐 燃える北天
高橋克彦　炎立つ 参 空への炎
高橋克彦　炎立つ 四 冥き稲妻
高橋克彦　炎立つ 伍 光彩楽土〈全五巻〉
高橋克彦　白妖鬼
高橋克彦　書斎からの空飛ぶ円盤
高橋克彦　降魔王
高橋克彦　鬼
高橋克彦　火怨〈北の燿星アテルイ〉(上)(下)

高橋克彦　時宗 壱 乱星
高橋克彦　時宗 弐 連星
高橋克彦　時宗 参 震星
高橋克彦　時宗 四 戦星〈全四巻〉
高橋克彦　京伝怪異帖 巻の上 巻の下
高橋克彦　天を衝く(1)〜(3)
高橋克彦　ゴッホ殺人事件(上)(下)
高橋克彦　竜の柩(1)〜(6)
高橋克彦　刻謎宮(1)〜(4)
高橋　治　男波女波(上)(下)〈放浪一本釣り〉
高橋　治　星の衣
高樹のぶ子　妖しい風景
高樹のぶ子　エフェソス白恋
高樹のぶ子　満水子(上)(下)
田中芳樹　創竜伝1〈超能力四兄弟《ドラゴン》〉
田中芳樹　創竜伝2〈摩天楼の四兄弟《ドラゴン》〉
田中芳樹　創竜伝3〈逆襲の四兄弟《ドラゴン》〉
田中芳樹　創竜伝4〈四兄弟《ドラゴン》脱出行〉
田中芳樹　創竜伝5〈蜃気楼都市《ミラージュ・シティ》〉

講談社文庫　目録

2008年9月15日現在